大海想搬家

林加春 | 著

目次

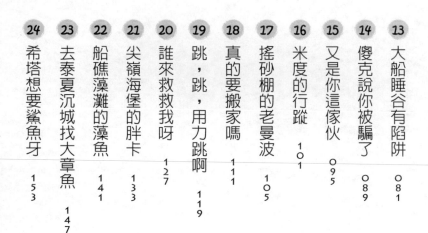

1. 酷牙和狄替

大白鯊酷牙決心要做夢，他聽說海底老章魚因為經常做夢，不但活力充沛，而且腦筋特別好。

到目前為止，他沒做過夢，生活過得很平淡，有時，他想多看一下珊瑚礁群裡的花園美景，身體卻不爭氣，還沒看過癮就往下沉，「我的腦筋要能想出辦法才好。」

「欸，別傷腦筋了。」蝠魟掀一下斗篷，游到大白鯊頭上：「兄弟，你只要游動就不會沉下去，照樣可以看風景。」

「我發誓要做夢！」

大白鯊穿過紅點珊瑚時，撞開一簇海葵，他們趴倒身體搖晃出聲音：「做夢，做夢……」

蝠魟游走了，丟下這句話：「兄弟，你先學習睡覺吧，不過，當心被偷襲。」

一定要睡覺才能做夢嗎？「你可別這麼想。」大白鯊酷牙提醒自己。

離開美麗的珊瑚公園，酷牙游向海的頂層，那裡很光亮，要做一個夢應該比較容易。

「喂，等一等，你是說要『做』夢嗎？」大目鮪從剛才就聽著酷牙和蝠魟說話，現在更游到酷牙身邊來。

「沒錯，做夢，我發誓要做夢。」回答時酷牙的鼻子聞到奇怪味道，不是他喜歡的食物，但是不難聞，他再仔細分辨這味道。

「去大海溝的底層，找一隻老紫海螺，他會教你怎樣做夢。」

大目鮪說完立刻游走，好像留下來只為了要告訴酷牙這件事。

可惜，酷牙討厭這隻大目鮪的口氣，毫不領情的想：「怎樣？要命令我照指示做嗎？我知道自己該做什麼！」他在大目鮪後面稍微張開口。

奇怪的味道還在，酷牙找尋來源，居然是一隻海鰻，躲在珊瑚公園圍牆的礁石洞壁，盤成個團動也不動，是隻睡覺的傢伙。

奇怪味道在酷牙鰓孔裡發出聲音：「我們美麗的家園毀了，海底再也沒有花園啦！」

詫異的轉扭身體四處看，大白鯊發現海鰻只是裝睡，其實正等著獵物上門，不過，為什麼要說這些莫名奇妙的話呢？

繼續游向海面，酷牙期待亮光能讓自己做個夢。

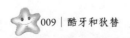

他游得慢，正好看見鯖魚隊伍在前方炸開來，慌亂四散，似乎遇到可怕的攻擊。逃命的鯖魚往下往上到處游竄，有一隻嚇昏了，直直衝向酷牙。

「喂，你好。」大白鯊禮貌的招呼沒讓這昏頭的鯖魚清醒來，反而更不顧一切的衝入鯊魚嘴巴。唉，傻小子，把羅列如山的利牙當作礁石岩洞了嗎？

這實在不算食物，太小了！酷牙懶得嚼，隨便傻小子在他嘴巴待著。

「我不好吃嗎？」鯖魚在鯊魚牙齒裡咬到一塊小肉屑，吃下去後又繼續檢查每一顆牙齒。

酷牙等著。他的牙齒被鯖魚戳戳擦擦，感覺舒服極了。沒有誰敢在鯊魚口中安穩停留，甚至幫忙清潔牙齒，這隻鯖魚是頭一個。

「我看看，這裡有什麼？」鯖魚自顧說話，挑揀到的肉屑都吃掉了，可是還有最外面一排牙齒沒檢查。

「你可以叫我狄替，最愛清潔牙齒的狄替。」鯖魚狄替很興奮：「瞧瞧，這牙齒鬆了，只要再咬一次它就會跟你鬧脾氣，趁早跟它說再見吧！」

沒等酷牙想明白，狄替已經賞了那顆牙齒一「尾巴」，有力的魚尾結實打在牙齒上，酷牙連痛一下都沒有，它就掉落在成排牙齒間。

這應該是很完美的結果：狄替巧妙的讓鯊魚牙齒留在嘴裡，而不是跌落海中，變成深海底層孤單的石頭。

「每一顆牙齒都是忠誠的伙伴，很珍貴的財產。」狄替告訴酷牙。

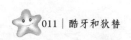

想一想，的確是這樣。

「沒錯，我的牙齒讓我吃得愉快。」酷牙很享受海水在牙齒進出的清爽感覺：「狄替，我要怎麼謝謝你呀？」

「你已經讓我吃一頓飽，又幫我逃過狗鯊的攻擊，我的服務不算什麼，如果有需要，我很樂意再來。」狄替跳出酷牙嘴巴，游走了。

2.秋葵區不能住了

看著一點光影閃過，酷牙以為那是鯖魚，但，錯了，那是陽光照進水中的亮點，附近沒有鯖魚或別的魚群。他已經升到海的頂層，加速游動一下，立刻就探出海面，廣闊的海水告訴他：「翻滾吧，跳躍吧，風等著你要玩衝浪啦。」

呵呵，跟風比賽衝浪嗎？酷牙絕對是贏家，不過他遇到一點小麻煩，在掃過浪頭時，有個東西碰了他一下，酷牙粗粗的皮膚立刻察覺刺痛。

「誰？」

喊歸喊，酷牙依舊在海水中飛梭，痛快游竄不只是玩耍，大白鯊也在找食物。

「你最好停下來看看自己。」旗魚銳多遠遠的揮動劍尖，指著酷牙的背。

什麼事？酷牙回身看，發現自己在流血，背上插著一個「石頭」，是人類的東西——一個圓桶，他努力甩，翻滾，卻弄不掉這東西。

銳多伸長劍尖：「我可以幫你砍掉。」

酷牙猶豫一下：「你有把握嗎？這東西也許會傷了你的寶劍。」

迅速游向酷牙，長劍瞄準目標，銳多用了全身力量猛地揮甩，那顆「石頭」噴出一大團鮮紅血水，墜落海底，周圍海水很快染成紅通通。

「哇噢！我的劍！」銳多驚慌的竄游出去。糟了，他的劍軟折彎曲，短少一截，紅色的東西不是血，是毒，把旗魚劍蝕化出傷口，現在，旗魚銳多忙著找安全處所想好好檢查傷勢。說實話，他痛得全身痙攣，隨便一點溫柔的撫摸都能讓他無法動彈。

大白鯊酷牙更慘，紅色毒水有不少是直接從他背上流淌下來，皮肉被咬啃出的傷口更多了，哪怕鯊魚皮又粗又硬，一樣痛得掙扎翻滾，頂層的海域被他打掀出驚天巨浪。

「石頭」製造的小麻煩竟然是大災禍！海裡幾時有這種恐怖東西？

紅通通的毒水繼續向下暈染滲透，海面下的大小魚群、浮游生物也亂成一團，「快逃！快逃！」

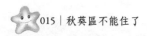

能游能跑的捱捱擠擠，這時候沒有誰想到去飽吃一頓，離陸地有點兒遠的淺海，秋葵岩礁是唯一能躲的地方，大家都往那兒去，但是這一來，水流湧動也跟著把紅色毒水帶到了。

體形纖弱細小的藻、螺、蝦、水母，立刻被紅水吞沒，就算鑽進礁岩洞穴裡也逃不掉毒水蝕溶。發現不對又拼命逃離岩礁，魚群全都傷痕累累，「離開這裡，秋葵區不能住了……」

魚群筋疲力盡，魚鰭拍打海水發出訊息，向四面八方傳送，卻又被酷牙掀起的劇烈搖晃截斷，海也在哀叫：「喂，快去，找乾淨的水來沖洗沖洗……」

藍鯨京哥和巨口鯊胖卡，分別從外海中層和底層攪動海水，一邊叫同伴：「都來，都來，大家都來攪動，把海水從下到上翻滾一遍……都來，都來……」

大白鯊酷牙聽到這訊息，也看到海裡大小魚隻在用力扭動、跳躍，海水被每一片掀翻的魚鰭帶離原本的區域，海流不照先前的流向，改成隨意舞動搖擺，走沒多遠就和別股水流碰撞、折彎，不斷改變方向。

酷牙沒力氣再游動了，任由海流推撫身體，留在他腦子裡的最後一個畫面，是旗魚銳多往下沉的僵直身軀。

3. 皮達和康可

「他為什麼下沉？」這樣的疑問只閃現一下，就有聲音來叫喚：「喂，你不應該懶到連食物都不吃！」「我說，大塊頭，張開嘴巴來，至少讓我把東西丟進你口中。」

感覺肚皮被頂高，水流在鰓孔進出，鼻子聞到血腥，大白鯊酷牙回過神看向身旁，黯黝的海水閃亮細微光沙，還沒弄清楚自己在哪裡就本能的張開口，有一堆蝦或小魚什麼的被他吞下，然後，酷牙才想到受傷的皮膚。

「我剝掉一層皮了嗎？」他問提著燈的鮟鱇魚：「你看得清楚

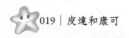

嗎？」

「大塊頭，你的皮可不像牙齒，能不斷換掉長出新的來。」鮫鱇魚皮達口氣輕鬆，繞著酷牙上下前後游一遍，邊看邊哼曲子：「這裡有個老兄，有個老兄想換一張皮，嘿嘿，深海底層誰管你皮不皮，老兄老兄，該換的是你的腦袋。」

「皮達，別唱了，叫你的朋友快走，我挺不住啦。」海龜康可推推背上沉重的傢伙。要不是這隻大塊頭恰好沉在海龜出沒的狹縫，擋住去路，康可才不想勞煩自己去和皮達配合哩。

「起來，大塊頭，你該有力氣動了，若想懶惰等食物送上門，那你一定會沉在這裡腐爛掉。」皮達不客氣的教訓酷牙，頭上燈桿亮著光。

酷牙感到皮達唱歌的愉快心情還在，毒水沒有漂滲到這裡嗎？

「秋葵區怎樣了？」使勁把身體抬起來，酷牙問身旁的皮達。

「秋葵岩礁美妙得像我頭上的光，你何不去看看。」鮟鱇魚發出閃光，幽暗海底中顯得神秘引人。

海龜康可背上空了、鬆了，划出窩穴時，他朝酷牙看一陣子。先前皮達只說擋路的是一位需要幫忙的朋友，現在才弄清楚是大鯊魚。

「我還真了不起，能頂住這龐大的傢伙。」康可默默給自己喝采。

康可游向酷牙尾巴，不想看到鯊魚銳利的牙齒，卻被皮達叫住：「老兄，老兄，換個方向吧，大塊頭的力量都藏在那裡。」

心不在焉的大白鯊只奇怪一件事：「等一等，秋葵區被毒水毀了，你不知道嗎？」

酷牙沒注意到海龜正要從底下游出來，猛然轉身的力道又把海龜掀歪了，皮達的提燈照出海水紛亂雜鬧的痕跡。

「哼，我就說嘛，大塊頭，你該換換腦袋。」話多的鮟鱇魚閃過海龜，繼續數落粗魯的鯊魚：「為什麼會說『秋葵區毀了』這種話？我剛和那裡的海星聊過一陣，他吃飽散步時還說，秋葵岩礁熱鬧快樂極了。」

「可是我被毒水咬傷皮膚，旗魚的劍被毒水咬掉一截，毒水流到秋葵區，那裡哀叫連連，紅通通一片……」酷牙急呼呼說完，往海水上層衝，想去查看。

海龜又一次被鯊魚尾巴掃翻身體，原本就歪一邊的龜殼讓他調整方向時更加困難，康可提醒自己：離這傢伙遠一點。

秋葵岩區究竟怎樣了？「走吧，我們去看看。」康可邀皮達從另一邊前進，可是嘮叨的鮟鱇魚追著大白鯊，喋喋不休。

「大塊頭，你的皮膚一點事也沒有，我說，你在做夢吧？別把我也當做夢……」

做夢？

酷牙想起海面上亮亮的光，就在亮光裡，他遇到麻煩，那是夢嗎？

「唉唷，糟了！」皮達驚慌的往下竄，擦碰到康可的硬甲殼，連道歉都沒有就鑽入黑暗海底，燈也熄了。

康可真的要嘆氣啦，為什麼連串倒楣事都發生在自己身上呢？只是，看見伸直長劍的旗魚游向這邊來，他也不敢耽擱，急急藏匿到海底。

4. 掛一個勳章

旗魚游得極快，幸好鯊魚喊住這舉劍的獵捕者，就這麼點時間，害怕成為獵物的魚兒們全都溜得一隻不剩。

「銳多，你找誰修好寶劍了？」酷牙迎向銳多，發現海洋劍士精神抖擻，渾身是勁，寶劍更加修長完美。

「你復原得真快！」酷牙的稱讚裡充滿訝異。

「我一直都好好的，不需要什麼『復原』。」銳多揮甩長劍：「你的話很奇怪。」

「咦！你幫我砍掉背上一個石頭，結果……」酷牙努力描述經過，可是銳多不停搖晃寶劍：「沒有，你弄錯了，我從遠處外海一路過來，現在才碰到你。海流都和平常一樣，沒有你說的意外，也沒有聽說秋葵區有什麼災難。」

真的是一場夢！

岩礁上鮮豔海葵伸開觸鬚，海膽海星爬滿珊瑚礁，各種顏色簇集成美麗花朵，整座岩礁高大又寬廣，全是一朵朵、一叢叢的「花」，它的名字就是這麼來的：秋天陽光般輕柔明亮的海葵花園。整個海洋中最壯觀、最迷人、最神奇的岩礁，數不清的魚類、海中生命在這裡繁衍。

「它多美呀！我大老遠趕來，就為了看看它。」旗魚銳多繞著岩礁悠哉欣賞：「誰捨得在這裡搞破壞呢？」

還好只是個夢！

鯊魚酷牙慶幸秋葵區美妙依舊，可怕的毒水並不存在，「我夢到的事都沒發生。」他還沒弄清楚自己怎樣做夢，甚至也不確定夢從什麼時候開始的。

「你覺得，被鯖魚清潔牙齒這種事情，會不會是真的？」鋭多被這問題搞迷糊了：「怎麼，你牙齒痛嗎？或者你還沒清醒？」揮揮寶劍，他打算切斷酷牙的夢。

喔呵，「別這樣。」轉身離開秋葵岩礁，酷牙笑著喊：「我要去吃一頓，再見。」

「很好，下次再找你賽跑。」旗魚鋭多豪氣大喊，想到海洋裡快意加速的飛馳競爭，這熱情劍士「唰啦」一聲，興奮的騰身躍出海面。

酷牙沒回頭欣賞，他抓到一隻翻車魚大口大口吞咬，可是，問題來了，每一口都咬不盡興，有東西卡在齒列間讓他咬不到底，只能用吞的，感受不到食物被牙齒穿刺，他吃得很不過癮。

是鯖魚狄替造成的。幫酷牙清潔牙齒時，狄替拔掉一顆鯊魚牙，就留在酷牙的齒列間。

「那麼，狄替不是個夢。」酷牙很高興，雖然當時以為完美的結果，現在看並不理想，但至少可以確定，夢是在狄替離開後，自己跟風比賽衝浪時開始的。「那時，我是醒著的。」大白鯊酷牙才這麼得意一下子，又想到一件事：「我沉到海底去，是為什麼？」

早先的念頭重新浮現：找出辦法，讓自己就算靜止不動也不會下沉。「我得先變聰明才行。」酷牙對自己說。

「需要我服務嗎？」一個小小聲音在他頭上，酷牙側歪身，先聽出來是鯖魚狄替。

「沒錯。」張開嘴，酷牙請狄替把那顆壞牙搬走。

「那太可惜啦，不如，我把它掛到你身上吧。」狄替的點子很有趣，一顆尖利的鯊魚牙，被巧妙的插進酷牙頭上粗糲的盾鱗裡，牢牢勾住。

「喂，你帶了一個勳章！」經過的鯨鯊巴士金訝異的招呼酷牙：「與眾不同的傢伙。」

巴士金盯著酷牙的頭：「告訴我，你頭上那個勳章是怎麼弄的？」

「問狄替吧。」酷牙找那隻愛清潔牙齒的小鯖魚。

「只要一點小小技術，和一顆牙齒，和……」狄替繞著巴士金打量：「一個噴嚏。」

噴嚏？

「我沒有噴嚏。」巴士金搖一下尾巴，狄替趕快躲到酷牙背上。

「我也沒有牙齒。」巴士金再搖一下尾巴，狄替感到海水推擠，他滾到酷牙肚皮下。

「你可以找個貝殼，海溝裡會有你要的。」小小的聲音發出來，狄替已經游到巴士金頭上。

「噴嚏可以讓我確定，牙齒或貝殼縫在哪裡才不會打到你的嘴。」狄替把話說完。鯨鯊已經有迷人的衣服，縫上一個勳章並不會更加美麗，不過，狄替喜歡這種縫綴修補的工作，「我樂意提供技術為你服務。」

「好吧，等我找到一個好貝殼再說。」巴士金搖出一片白花花光點，狄替趕快提醒他：「你還要有一個噴嚏。」

哼，魚的噴嚏！「傷腦筋。」巴士金在遠遠的暗處噴出一個氣泡，微弱的聲音傳到狄替和酷牙這邊。

5.誰是壞傢伙

酷牙重新想起大目鮪說海溝底層老紫海螺的事。

「我要去海底，你有興趣嗎？」他問小鯖魚。

「如果海底有誰需要清潔牙齒或縫補衣服，我當然樂意。」狄替真的坐到酷牙頭上：「你會讓我搭便車吧？」

大白鯊和小鯖魚一同往大洋底層下沉。這是一段舒服的旅程，大白鯊停止游動，任由身體慢慢沉墜；小鯖魚窩在酷牙那顆「動章」旁邊，安全的睡覺。

直到被寒冷叫醒，狄替急忙喊：「太冷了！我們還沒到嗎？」

「應該快到了，你可以躲進我肚子裡。」酷牙張開口，狄替很快游進那排列像山的尖利牙齒後。

現在已經到了深海，還沒觸碰軟泥，這兒又冷又暗，酷牙感覺肚皮下有一點點輕微波晃，緊急往前竄出，尾巴似乎打斷一個什麼東西，他迅速回轉身體。

「噓，安靜，別吵醒那老傢伙。」

一隻海百合站在岩石上，伸長手臂打招呼，酷牙小心的問：「你是說，這裡有大章魚？或是大烏賊？」

海百合跳完餐後舞蹈，合起觸手懶洋洋說：「都不是，你要提防的是紫海螺，老紫先前吃一頓大餐，回家去睡覺，他脾氣很壞，我們惹不起。」

老紫海螺嗎？「那正好，可以請他教我怎樣做夢。」酷牙想一下，又問海百合：「大海溝還有多遠？」

沒有回答。海百合不見了，酷牙已經更往下沉離開那塊岩石，這裡連眼睛也派不上用場，酷牙只能靠皮膚和鼻子感覺，軟泥裡有很多小東西跑跳鑽爬，被鯊魚巨大身體壓住，深海底層閃亮出驚慌查詢的訊號。有盞燈規律的亮暗亮暗，從酷牙左邊移到右邊，引導他跟著頭尾倒轉一圈。

是鮟鱇魚皮達：「大塊頭，你帶吃的來了沒？」

「沒有。」酷牙想到躲在肚子裡的小鯖魚狄替，說不定被消化掉了，他問：「皮達，知道老紫海螺在哪裡嗎？」

「我不是皮達。」亮暗有序的燈光暗下後不再亮起：「我就是老紫海螺，海百合叫你別吵醒我。」

有塊吸盤貼在酷牙頭上，開始切割他粗厚扎刺的皮膚，酷牙很詫異：「為什麼你會發光？為什麼你沒有殼？為什……」

螺的齒舌小小尖銳的牙齒，切到一個硬梆梆的東西：「大塊頭，你是石頭！」

「誰把你丟下來？」螺收回吸盤，重新亮起光。

跟深海的幽暗相比，螺的光實在微弱，連螺殼的顏色都不能照出來。

「你真的是紫螺嗎？」酷牙的眼睛盯著那一點兒光：「你說說看，要怎樣做夢？」

「睡覺呀。」螺的回答很慌張，而且光暗下，不再發聲。

酷牙從水波裡聽到另一種聲音：「壞傢伙，你慘了。」慢吞吞很冷靜的細小聲響，在酷牙尾巴附近。

說誰壞傢伙呢？

「那隻螺會睡到死亡。老紫海螺很早以前就跟我們說，千萬不要叫誰去睡覺。」

海蜘蛛爬上酷牙的背鰭，把沉躺在軟泥的鯊魚搔抓得有些不安。

「你是說，那隻螺不是老紫海螺？」

「那個壞傢伙才不是，他不過是黏住老紫螺殼，當個小小的花邊，其實什麼本事也沒有。」海蜘蛛走遍酷牙全身，慢條斯理的把話說完：「他會學老紫海螺的口氣，可惜腦袋裡沒什麼東西。」

這話讓酷牙很不好意思，自己正是腦筋不靈光才會停在這地方。

6.修補破殼臭螺

「帶我去找老紫海螺！」酷牙動動左胸鰭，感覺海蜘蛛在鰓孔附近挖刨黏在那裡的浮游生物，進出鰓孔的水流因此被稍稍堵住了。

酷牙又問一次：「老紫海螺在哪裡？」

「把你的頭歪到右邊，張大你的鼻孔，用力仔細的聞一聞。」回答他的換成另一種粗暴命令，不是海蜘蛛！

有一種泥土腐臭味道讓酷牙很不舒服，頭歪向右邊後，味道更濃得他昏昏沉沉受不了，卻讓他看見說話的傢伙。

一隻奇形怪狀的螺，有鮫鱇魚皮達那麼大，長滿了長短不一的刺，什麼顏色都有，酷牙看久了，發現它們亮著淡淡光線，在那堆顏色裡面是暗暗的紫色。

「你很臭。」酷牙忍不住說。

「沒辦法。」老紫海螺動一下，露出另一邊身體，喔，他的螺殼破個大洞，有髒東西流出來。

「讓我在你身上挖個大洞，看你臭不臭！」臭海螺不但身體發臭，連口氣都很臭。

肚子裡一陣翻攪，酷牙張開口，想吐，太臭了！

看酷牙身體抽筋扭滾，臭海螺稍微改一下口氣：「如果你身上也有個破洞，一定比我還臭。」

這算什麼安慰？酷牙終於懂海百合的話，誰去招惹這隻海螺，下場就是先被臭味薰昏窒息。

胃又一陣急促縮緊，拼命掙扎都忍不住的酷牙，吐出一大口熱熱的東西，全身癱軟連尾鰭都抬不動了。

「哇，臭死我！」「為什麼這樣臭？」「你吃到什麼髒東西，喝到什麼髒水啦……」

從鯊魚肚噴出來的東西，不只是熱烘烘，而且還活蹦亂跳會說話，把臭螺的傷口掏挖得更大更慘，臭螺忘了臭和痛，呆呆不動看著，連壞脾氣也一時嚇跑了。

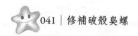

是小鯖魚狄替，在暖暖的鯊魚咽喉睡得舒舒服服，被猛地丟出來，還沒搞清楚狀況一個勁兒叫。

「狄替呀，快幫老紫螺修補破殼。」酷牙腦筋醒了，趁狄替還沒被凍僵趕忙催促：「這隻螺又破又臭，你快找東西，把他傷口遮一遮、蓋一蓋。動作快點，再慢吞吞的你就會凍成石頭。」

這話不誇張，小鯖魚已經冷得發抖啦，還好，酷牙噴出的熱流溫度高力道強，把軟泥下的生物和垃圾都翻攪出來。狄替不但輕易吃到美味可口的蝦，還從一大堆骨骸碎片中挑選到合用的材料，他吃飽有體力，精神充沛，剩下的問題是，這裡太冷了，動作僵硬技術也會失準頭。

「我要帶他到你肚子裡去工作。」狄替朝酷牙大喊。

要吃下那個臭螺？「不，我才不……」酷牙嘴張開又想吐。可是，狄替衝進他嘴巴，連臭螺也很快滾過鯊魚尖牙，追著狄替。

完蛋了，流膿發臭的破殼海螺，會在肚子裡製造多少病痛啊。

「出來，你出來！」酷牙撐起精神搖晃頭、翻轉身體，他連嘴巴都不敢閉合，要把臭螺丟出去。

「唉唷！」「啊喔！」悲慘的哀叫呻吟，隨著酷牙噁心害怕的心情響起來。

7.老紫海螺的口水

「喂，停止，別動了！」「大塊頭，停下來，你要把海溝挖破嗎？」

一大塊冰冷吸盤按住酷牙臀鰭和腹鰭，黏滑和刺痛的碰觸讓酷牙停下混亂。

這又是誰？

「哼，你這傢伙，找我就是想發瘋的嗎？」吸盤的主人聲音也是冷冰冰：「看你做什麼好事！海溝裡跳舞？嘿，你腦筋想什麼呀？」

又有一塊吸盤來按住鯊魚尾鰭，酷牙只剩下頭和胸能活動，不過他靜靜的，等著聲音再響起來。

「怎樣，你完全醒了沒？」聲音移到頭頂，酷牙的前半截身體都被大吸盤黏住，是海螺，騎坐在酷牙頭上，齒舌正在啃啄鯊魚皮。

「你的傷口修補好了嗎？」酷牙斜眼看，只見到一點鮮豔的紫色，水裡沒有讓他噁心的爛臭壞味道。他搖轉身體想叫螺下來：「狄替呢？你該不會把他吃了吧！」

不慌不忙爬過酷牙胸鰭，海螺放開吸盤坐到海底：「你應該多打聽一下。告訴你，大海溝裡沒有誰能讓聰明的老紫受傷，我不知道狄替是誰，但是我知道你剛才做惡夢。」

這是超級大隻的紫色千手螺，身上滿是長長尖尖的硬刺，沒有缺口，形體非常完美，端正的坐在軟泥堆上，像座小小的岩礁。

喔，老紫海螺不承認受傷的事，八成是愛面子，酷牙才不管，直率的稱讚小鯖魚狄替：「了不起的狄替，把你修補得這樣好看。」

「去，囉嗦的傢伙，還沒清醒嗎？我沒傷口，這裡也沒看到鯖魚，你從上層落到這裡，向海蜘蛛說要找我，卻沒禮貌的翻滾發瘋，鬧得我不安寧。」老紫海螺不耐煩的教訓酷牙：「快說，你來找我做什麼？」

「我原本想問你，要怎樣做夢？」

「哼，你剛才就做了一場夢。」老紫掀掀吸盤，壓住一隻紅蝦。

「那不一樣。」酷牙爭辯著：「我有睡著嗎？糊裡糊塗的做夢不是我要的。」

「誰說睡著才會做夢？」老紫抬起螺殼重重放下，氣咻咻的說：「錯，錯，大錯特錯。」

「告訴你，只要抹上我的口水，就會在你想要的時間和地方做夢，你要試一試嗎？」

「要。」酷牙毫不猶豫：「我希望能清醒地一邊游動一邊做夢。」

「每次都沉落到海底被叫醒，太丟臉啦。」讓老紫海螺朝肚皮擦抹時，酷牙自言自語。

「行了，你走吧，愛去哪兒做夢都可以，別留在這邊囉嗦。」老紫海螺胡亂抹幾下，不耐煩的把酷牙往上頂。

划動魚鰭游向海洋中層，決定要去什麼地方之前，一件事情跳進酷牙腦子裡：臭螺破殼也許是真的，夢和現實的界線在哪裡呢？

不聰明，無法做出判斷，讓酷牙很懊惱，完全忘了他還得找地方做夢，也沒聽到海流裡漂來老紫冷冰冰的聲音：「記住，口水被海流沖走後，你一定會做夢，要把握時效。」

8.威奔的水母斑弄髒了

「兄弟，你的鰭軟塌塌，怎麼回事？」蝠魟威奔掀斗篷推推酷牙的三角背鰭：「把你的神氣顯出來！」

帶著溫度的海流撫摸酷牙，光晃動，照出空廣無遮的大海，啊，一甩尾，酷牙往前衝：「我的鰭是標記，誰敢說它軟塌塌！」重新回到熟悉的場域，心情也丟開黑暗迷茫，大白鯊的話充滿霸氣。

游到酷牙上方，蝠魟威奔斗篷內一個淡藍斑點巧巧掀出弧度，像一隻海月水母，威奔很得意自己有這跟其他蝠魟不同的地方。

「你的水母斑被什麼弄髒了？」酷牙看出那斑點有些灰黑。

「欸，我要抓一隻烏賊，那傢伙噴墨汁耍弄我。」威奔說起這件事滿肚子氣：「綠澤高台的烏賊群，聽說吃下一整團鯖魚大頭丁，每隻烏賊都驕傲得抓不住，有個傢伙看我肚子黑漆漆，還邀我留在他們那兒……」

綠澤高台在大海的中層靠近上層，寬闊台地因為溫度光線適合生長，又有伽納海流經過，很多藻類漂流浮游到這裡，更有的定生下來做為居民，盛大繁衍的規模吸引眾多海中生物來覓食，烏賊群更霸占在這區域，老是驅趕大型魚類，每一隻烏賊都有吞食鮪魚的紀錄，或是和鯨魚、旗魚搏鬥的傷口，凶悍極了。

「我們去鬧鬧那群傢伙吧！」威奔慫恿酷牙：「憑我們兩兄弟，不信拿他們沒轍。」

「你不先清洗那片髒嗎？」酷牙提醒威奔，他們一起轉北游向綠澤高台。

威奔很優雅的掀翻斗篷，比起魟魚的蕾絲裙邊，他的斗篷顯得帥氣威武。「兄弟，麻煩替我刷一刷吧。」威奔貼靠到酷牙的三角背鰭上，讓鯊魚皮摩擦他那塊水母斑。

「我拿海藻洗過很多次，這片黑灰就是洗不掉，烏賊可能在墨汁裡添加全新配料了。你當心點，若被那群傢伙抹黑成灰鯊、黑鯊或黑白鯊，還真沒東西能替你洗刷乾淨哩。」威奔發完一串牢騷，看看自己，大大嘆口氣：「不妙啊，洗不掉啦！」

斜過頭，酷牙仔細看，威奔的那塊斑還是髒灰，難看極了。「會是發霉長細菌嗎？可以找清道夫魚來幫忙……」酷牙才說到這裡，立刻想起鯖魚狄替。

「不，我要叫那隻烏賊想辦法！」威奔沮喪氣惱，姿勢不再優雅，斗篷敞開往前猛衝：「叫他還我水母斑！」

空曠無遮的大海，酷牙落在威奔後頭喊：「喂，聽我說……」

大白鯊的話被打斷，有奇怪的叫喚傳入他耳朵：「口水……後……一定……會……」穿透不同海水層的扭曲聲音，聽起來含糊難懂。

蝠魟威奔還在前面，酷牙清楚看見海底，陸棚斜坡上的格拉礁島佈滿美麗珊瑚，但忽然間，風來了，推開海水表層，抓扯威奔的斗篷，翻攪礁島的水草海藻：「衝啊，我會贏過你們！」

海裡玩衝浪？大白鯊趕上前：「我會贏你……」

海水噴起高高的浪牆，風高興得呼呼大叫：「太好了，真過癮，刺激又精采。喂，來啊，你們全都來呀！」

海水上下搖晃，景象急速變換，大白鯊酷牙游在大海裡，發覺自己似乎闖入另一個世界。威奔張開斗篷繼續衝，酷牙慢下速度：

「我先看看這裡有什麼。」

9.格拉海國

海面上波濤洶湧，烏魚群帶頭衝出海面，「噗」「噗」「碰」「碰」，酷牙好奇看著一條條烏魚高高跳起，繞在風神搗開的浪花邊，鼓勁喊叫：「喂喂，停下來。」

「請你聽我們說……」。

他們沒看到大白鯊嗎？「竟然不怕我！」虎視眈眈的酷牙好像不存在一般，沒有誰理會他。

「嗄！什麼？你們要跟我玩衝浪呀？那好哇！」發現魚兒加入，風呼嘯得更大聲。

「不是的！」「停停啊！」又一大群鯖魚也跳出海面，在另一頭圍住風神：「我們不是跟你玩，是有事找你商量。」

來不及減速的狂風撞上一整群鯖魚後慢了下來：「誰，到底誰要找我？」狂風掃過酷牙背鰭，把這大白鯊推轉一圈。

「別問我，我不知道。」酷牙無奈的說。蝠魟威奔自顧游，沒有等候的意思，酷牙決定追上去：「我答應要幫他……」

「唰」「唰啦」「唰啦啦」，三隻海豚躍出海面，在高高的空中畫出優雅漂亮的弧形。

「了不起！」轉過身的酷牙正好見到這精采畫面，停住身，他貪戀的看著。

完成高難度的迎賓禮後，海豚們點點頭回答風神：「是我們，格拉海的禮賓隊！所有格拉海國的居民派我們來，邀請您到大海作客，請跟我們來。」

「好。」風神收斂聲勢，跟隨魚群鑽入海中。海水自動分開，又在風之後聚合。海裡的生物焦灼的、期待的游過來，簇擁、追逐。

風神一一和經過的魚群打招呼，為數眾多的大小魚隻、蝦蟹不再互相掠食，全部聚攏過來，挨擠碰撞到酷牙時既不閃避也沒逃竄。

「怎麼都沒反應？」酷牙納悶不已，然後，他發現：水母的蕾絲裙扯破了，海馬的紳士尾巴缺損了，小丑魚的燈籠沒有亮光，昆布、海草僵直著身體，浮游的藻類不見了，向來如點點繁星的魚蝦幼苗消失了。

「喂，我看錯了嗎？」風神同樣也驚訝：海葵、海百合、海星、海綿、海膽、珊瑚，這些光彩絢麗，婀娜多姿的錦簇花團到哪裡去了？格拉礁島的海底世界沒有這些款擺娉婷的鮮豔身影，看起來實在是粗俗乏味！海底怎麼會變醜了呢？

「原先那個風華絕世，美麗的海底宮殿呢？」風神吹吹翻翻，鑽進掀出，滿腹疑問的到處打量檢查。

望著身邊一群群海中居民，風神口氣很困惑：「怎麼回事？」

「唉，別問我呀。」酷牙差一點撞上礁塊，這才注意到：海水又黏又膩，他的動作變得笨重遲鈍，不輕靈了！

前方威奔的身影只剩一條長尾巴，酷牙準備加速追上前，卻聽到魚群喊叫：「我們想搬家！」「請幫我們搬家！」

搬家？這種事酷牙想都沒想過，他又一次緊急煞車。

風神停下身：「為什麼？要搬去哪裡？」

「這海水實在太髒了！」狗鯊有氣無力的嘆氣，找不到平日鬥狠殘酷的模樣。

「搬家吧，搬到別的大海去。」龍蝦虛弱得伸不直觸鬚。

「這種環境根本活不下去！」章魚揮甩殘缺不全的觸腕，悲傷絕望。

鯨魚報告遨遊大海的結果：「所有的海都是這個樣子，髒、臭、黏、油膩，水中吸不到新鮮空氣，每個海灣、海峽、海溝、大洋，通通一樣。」

「我們美麗的家園毀嘍！海底再也沒有花園啦！」大海鰻的哀嘆讓風神多看他兩眼。

咦，這句話很耳熟，酷牙想起來，被鯖魚狄替清潔牙齒之前，一隻盤在岩洞裝睡的大海鰻也這樣說過。

「你瞧，所有的浮游生物都沒了，我們產下的卵找不到吃的，全死了！不光我們蝦蟹會滅亡，整個大海的生物同樣要絕種了。」

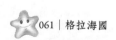

螯蝦激動的舞弄那粗大的螯鋸。

「幫幫我們吧！」一個微弱的聲音傳上來。風神低頭看去，是珊瑚。

「這裡的水太髒了。」珊瑚灰白著臉，奄奄一息，身上捆著一條條繩子。

「漁網！」酷牙認得這東西，他自己好幾次被魚網困住，靠森利尖牙咬斷割破才脫逃。

「我快死了，請讓我的孩子活下去！」珊瑚微弱的聲音漸漸變成夢囈。

10.大海說要搬家

太意外了！

風神定下心看看四周，這格拉海破敗頹廢，的確不適合居住，但是，「為什麼會這樣？這是你們的家，你們自己居住、使用的海域！」風神越說越氣惱：「難道你們沒有責任清理自己的家，保護自己的海域嗎？我懷疑是你們自己任性胡鬧，才把海底搞成這副烏煙瘴氣的慘狀！」

「不，不。」「不是的！」「不是這樣，你不懂。」「是人類。」「是陸地上的居民！」魚群激動的游竄跳躍，急促拍動魚鰭否認、抗議。

「難道你還看不出來嗎？」鮪魚大聲說：「綁在珊瑚身上的，是人類的繩子！住在陸地上的人類，用他們的漁船和漁網來侵擾海域，攻擊我們的家園。」

「還有那些油汙！一船一船的油汙搞得海水都變質了。看看岩礁上那些黏黏黑黑的東西！沾上它，美麗的海百合死了，海綿不能呼吸，海星海膽爬不動，翹啦，海葵也好不到哪裡去！」海參氣呼呼的扭動身軀，粗魯的抱怨。

「最可怕的是毒水！又臭又毒的粉呀、水呀，一桶桶一罐罐像大石頭樣的丟下來，那東西碰不得呀，把什麼都化掉了，海水再多也沖淡不了。真是毒呀，看看我！我的房子被化得七瘡八孔……」

大海螺舉起殘破不堪的殼，氣急敗壞嚷著。

酷牙嚇一跳：「沒錯，沒錯，就是這樣。」

「我碰到過毒水，全身破皮，銳多的寶劍斷一截，秋葵岩礁死傷纍纍，那真的很悲慘。」大白鯊酷牙不斷應和：「我也看到大海溝裡破了殼的臭螺，臭死了，可能就是被毒水咬破的！」

轉轉身子，酷牙提醒風神：「聞到沒？這裡多臭呀！」接著他告訴魚群：「那隻臭螺就是這種壞味道！」

「我懂了！」聽完這麼多傾訴、指控，風神沉重的點頭，面對海底生物請求幫忙，他無比震撼，不想置身事外。

「可是，哪裡有足夠的乾淨海水讓你們居住、生活呢？」風神一時間拿不定主意。

「搬家吧！」

突然間，海水劇烈震盪，無數的巨大水泡從格拉礁島底部湧出來，喑啞低沉的聲音不斷迴震在風神和魚群中：「搬家吧！」「我的壽命快完了，快搬家吧！」

「請風神幫忙，也找太陽幫忙，快替我換個地方，我需要搬家……」巨大水泡不斷噴湧出來，整個海域翻天覆地，混濁髒亂，海，像隻超大怪魚掙扎般喘息。

「是大海在說話！」魚蝦貝藻們興奮得游走奔竄：「大海說要搬家！」「搬家了。」「準備搬家了……」

大海說話？

酷牙看著巨大水泡一個接一個在身邊爆開，眾多魚群喧嘩紛擾在周圍繞圈，忽然驚覺：這是一場夢！眼前的海底只是夢裡的一個世界，老紫海螺的口水果真讓他一邊游一邊做夢。

「可是，我根本沒選擇要在這裡、這個時間做夢呀。」酷牙有些無奈，不過，「清醒的做夢」這件事太奇妙，他趣味盎然的看下去。

親耳聽到大海說要搬家，風神震驚到極點。拋下周遭鬧哄哄的一群海中居民，風神火速的衝上天空，急著要去問問太陽。

追到海面上，大白鯊酷牙聽見空中的對話。

「你在找我嗎？」天空中，太陽溫和的招呼風神：「我已經知道搬家的事。」

風神大大的呼口氣：「哇，海底的氣味真臭！」

「那是死亡的味道。」太陽緩慢嚴肅的說：「大海不再適合居住了。」

「你也贊成魚群搬家？」風神低頭看，海水仍然不停翻攪。

「我贊成讓大海搬家。」太陽提醒風神：「魚群跟大海都要換個家。」

「可是」，風神很疑問：「人類會大受影響，不是嗎？」

「人類很聰明，他們早早就寫下『我在一個夢中做夢』的詩篇，別擔心，人類知道該怎麼辦。」太陽笑起來。

「你是說人類會把大海搬家當做是夢？」風神「咻」地飛撲下海。

喔，這種事真的只有在夢裡才會遇見！大白鯊酷牙甩動尾鰭，追著風，把海面衝出一道白影。

11. 綠澤高台的烏賊

「格拉海國」這個夢結束在蝠魟威奔的吼叫：「兄弟，把你的臀鰭架好，別分不清方向，大海雖然無邊際，總還有海底的山谷河溝、古城船礁做街道，跟著海流走，你不該迷路的！」

真糟糕，酷牙怎麼會繞格拉礁島打轉？

「你不知道從卡吉海盆上升，橫過伽納海流就可以到綠澤高台嗎？」威奔折返來，大聲數落這迷路的大塊頭。

「偶爾岔個彎也有樂趣。」酷牙稍微下沉再看一眼格拉海，那裡平靜無事，他對剛才的夢印象深刻，覺得腦袋多了些東西。

「你想，綠澤高台的烏賊會搬家嗎？」

「兄弟，我只想叫烏賊清洗我的水母斑，也許吃他們幾隻下肚消消氣，這跟烏賊搬不搬家有什麼關係？」威奔又掀翻斗篷，掃一下酷牙腹鰭：「為什麼你有這莫名奇妙的問題？」

格拉海在卡吉海盆外圍，大白鯊酷牙沒回答，跟蝠魟威奔一上一下游進海盆，很快就遇到伽納海流。

向上層游升不久，眼角瞥見一兩隻烏賊，威奔飛衝過去迅速揮斗篷，把落單的獵物逮住。

「說，那隻噴髒我的傢伙在哪裡？」

「不說！」兩隻烏賊從斗篷下巧妙退後，威奔氣壞了，猛力鞭甩尾巴，他掃中一隻，另一隻烏賊也被酷牙大嘴接住。

好的開始！

「兄弟，有默契，我們去橫掃千軍吧！」威奔心情轉好，口氣跟著豪邁輕鬆。

矽藻是綠澤高台最龐大的浮游植物，繁殖得又多又快，把海水塞滿棕綠色，高台就因它們有了美麗名字。威奔感謝它們，只要有矽藻族群，必然會吸引浮游生物和小魚來，那些正是蝠魟的食物。

「哈，美食街到嘍。」每次來綠澤高台，威奔一定誇張的掀斗篷、翻一圈，歡呼後再飽餐一頓。就算現在滿腦子想找烏賊算帳，他仍舊沒忘了這麼做。

酷牙和威奔正要搜尋高台底部，忽然底泥砂粒整層噴飛，詭異的升起暗霧，烏賊群出現得沒有聲息。

「他們來了！」酷牙急忙轉身，威奔更是又氣又怕：「壞傢伙，只會偷襲！」

密麻麻烏賊噴水飛竄在他們旁邊，觸腕吸盤貼住威奔斗篷，竟把蝠魟架高不能游動了。

「兄弟，快來救我！」

海流傳動威奔的呼救，酷牙趁強力吸盤還沒貼上身，先衝開蝠魟附近的烏賊群，「往海底去！」他們得分工合作才行。

繞圈、做曲線S狀游泳，酷牙把噴水後退的烏賊們衝撞得互相推擠碰觸，戰況立刻轉變，貼伏海底的蝠魟背上毒刺讓烏賊大感威脅，很快便逃走四散，失去先前凶悍蠻野的神氣。

「你在墨汁裡加了什麼配料？」威奔問，喔，他逮到弄髒水母斑的兇手啦。

一隻大烏賊被蝠魟長尾尖端插住觸腕，這倒楣傢伙口氣有點懊惱：「我要是知道就好啦，自從吃下一堆奇怪的蟹苗後，我的墨囊就不停鬧脾氣，噴到岩石上就黏住，全變了色也洗不掉。」

「才怪，為什麼只有你這樣？」威奔氣壞了：「你要還我一個漂亮的水母斑！」

「辦不到。」大烏賊揮舞另一隻觸腕：「誰說只有我？吃到那種奇怪東西的多的是，有些還破肚破腸或是換色掉皮，你要有興趣就留下來，看仔細、弄清楚。」大烏賊越說越激動：「哼，最好你也吃吃看，說不定讓你的水母斑變漂亮，或者換件斗篷穿穿。」

「我要吃了你！」酷牙實在受不了這壞傢伙教訓、輕蔑的口氣。

大烏賊忽然放軟全身，側腕合起來：「行，我的墨囊會在你肚子裡爆開，效果應該不錯。」

嘩，這是恐嚇嘛！威奔長尾巴挑起大烏賊用力摔出去，酷牙張開口，準備接收，不料大烏賊狡猾的橫身退後，鑽入一塊岩石縫隙。

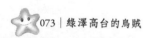

「朋友，謝啦，我沒騙你，留下來吧。」

酷牙橫掃尾鰭打算撞塌岩石，被威奔阻止了：「慢點，兄弟。」洗不乾淨的水母斑提醒威奔：別靠過去！

「怎麼，你相信那傢伙的話？」

「我們先看看再說。」大鬧一場之前，至少該弄清楚情勢吧。

12. 到小丑船礁排隊

半信半疑巡游綠澤高台一圈，酷牙和威奔果真遇到不少外表殘缺、鱗皮脫裂的魚隻，小群或零散的在海帶葉叢間進出。兩三隻青鱸的長背鰭張不開，見到一群銀色鯷魚出現在附近，青鱸們竟然立刻掉轉頭，把自己藏進褐綠葉片，等銀色魚群經過後才又出來。

烏魚群也在這附近，應該是從辣孔古城那邊游過來，可是身上花花斑斑添了色彩。

「喂，你們愛漂亮嗎？」威奔看不順眼，追過去吼他們。

看到蝠魟和大白鯊一起出現，烏魚群慌忙游走，答話的是另一隻大塊頭：「他們吃錯東西啦。」鯨鯊身上的黑白花斑醒目好認，可是靠過來搭訕的這隻鯨鯊，半邊背上的白點灰黑暗沉，像穿件半花半黑的衣服。

「你的白花點怎麼掉了？」

「也許是藻蟲啃掉的。」鯨鯊說完扭個身，來到酷牙上方：「這裡的藻蟲會作怪，味道特別好，吃下後我游得特別快，但皮膚卻變了模樣。」

威奔追著鯨鯊：「等一下，你說烏魚群吃錯什麼東西？」

「他們來這裡吃了許多小魚小蝦，覺得每一隻都肥飽甜美，可是沒幾天，他們身上莫名奇妙冒出顏色，和淺海珊瑚礁的鯛啊、鸚哥啊還蠻像的。」鯨鯊張嘴漱漱口，又說：「我問過了，烏魚到綠澤高台前還好好的，問題一定就是這裡的魚蝦，絕對是！鱸魚、金梭魚、鰛魚……大的小的魚，全都這樣說。」

「真是食物的關係嗎？」威奔看看自己的水母斑，想起大烏賊的話。

「為什麼那群鯷魚沒事？」酷牙問完，眼睛瞄到一個鮮艷橙紅的海菊蛤殼，掛在鯨鯊嘴邊，是吃不完捨不得丟嗎？這種只吃浮游生物的大傢伙，什麼時候改變菜單了？

「你吃蛤？」

「這是我的勳章，跟你一樣，那隻小鯖魚替我掛上的，不錯吧！」鯨鯊在酷牙、威奔身邊繞圈，讓他們看清楚些。

酷牙愣一下：「你是巴士金？」

「正是。」鯨鯊巴士金晃晃那個海菊蛤殼。哇，他為了炫耀這東西，不時就張嘴漱口。

「狄替跟著你？」酷牙腦子有點亂，小鯖魚狄替不是和自己到海底去修補臭螺的破殼嗎？「臭螺」那個夢，到底是從哪一段開始？

「他忙完我的事就離開了，不少魚找他修補清理。」又一次張開嘴，巴士金太滿意這作品啦。

「我們去找他。」威奔興起念頭：「他有辦法修補衣服吧？我的水母斑，你的白花點，說不定都能修好……」

「我也這麼想。」巴士金又張開嘴：「小鯖魚技術一流，厲害得很。」

除了伽納海流會把暖水域的魚帶入綠澤，從吉拉本海流分出來的米屋海流，也在高台另一邊流過，冷水域的魚種跟著進入這裡找吃的。各種各類的浮游生物在冷暖海流交會處特別多，綠澤高台提供的，不僅是營養美味的食物、生存活動的空間，魚群碰頭時也收取各處海域的訊息，作為魚群選擇下一個棲息處所的考慮。

「清潔牙齒的小鯖魚狄替」不難打聽，他現在有了更響亮的名號：神奇狄替。

「你們要排隊。」鱈魚黑魯一副老經驗的口氣。

看黑魯的尾鰭用一片蝦殼補綴缺口，威奔笑了：「神奇狄替真天才呀，能想出這種辦法。」想到自己的水母斑只是顏色弄髒，應該更容易處理，威奔連連催促：「走啦走啦。」

「我們要去哪裡排隊？」巴士金問。

「去小丑船礁，我知道那邊有一堆等著修理的魚……」黑魯丟下話，匆匆回到自己魚群。

順伽納海流游行就可以到小丑船礁，那其實是一艘木殼大船，直直插入海底。海流帶來的浮游小物卡在船上，很快把船包成一塊大礁，小丑魚群最先進住這船礁，按照海中生物的禮貌，這裡就稱為小丑船礁。雖然沒有秋葵岩礁那樣的規模，卻也頗有名氣，魚群們越過冷水域的吉拉本海流後，總先找小丑船礁停留，休息過後再前進綠澤高台或卡吉海盆。

往小丑船礁的途中，他們遇到鰻魚、鮪魚、鯛魚這些趕著遷移、產卵的隊伍。聽說他們要去找狄替，不少接受過狄替治療幫助的傢伙，爭相展示自己身上作品：「看，這是神奇狄替的好點子。」「瞧這裡，狄替的技術真是沒話說。」

「可能要排隊等上很久，值得啦，我們誰不乖乖等候呢？連殺人鯨也不例外。」鮪魚安慰巴士金和威奔。

小鯖魚狄替這麼受重視！酷牙很意外，「你們去吧，祝好運。」他陪巴士金和威奔游一陣後，轉頭向米屋海流靠近。

13.大船睡谷有陷阱

升上大海頂層，酷牙感覺背鰭破開海水，稍微用力加速，側線有水流擠壓，是風在推動。哈哈，大海中漫遊最需要風來製造點樂趣，冷流暖流若沒有風助上一把，恐怕會沒有定向的亂流了。

進入米屋海流水域時，酷牙重新記起做夢的事。「我還不夠聰明。」只靠做幾次夢是不可能長出腦筋的！海底老章魚究竟做了多少夢呢？

一條漂動的海帶搔撓酷牙肚皮，提醒下沉的大白鯊：「升高，升高，別像這些船拋錨啦！」

船嗎？仔細看，果然在海帶下出現船殼，酷牙游高一層，悠哉向前。

許多船沉沒在這個深海平原，每一隻船體都有兩三隻藍鯨那麼長，有的直插在海底沙泥，被海流和魚隻推壓碰撞，漸漸變成斜躺。有的船隻翻面扣在海底，像直削而下的岩壁，只在底部露出空隙，那裡面是許多中小型魚隻、浮游生物、鰻、章魚……等玩遊戲的快樂天地。也有船斷裂了，端坐海底，樣子像發愣的山，呆呆被水草爬滿全身。所有船隻都有海中生物盤據，船上的每個空間都是完美洞穴，適合作為住家。

這麼多大船睡在這裡，少數的幾隻相疊相摟，其餘散落分布，圍成一道長長的凹谷。「它們爭吵、打架，為了食物和地盤拼鬥，敗的就沉落下來。」海裡的魚群傳說這大船睡谷的來歷。

游完一趟後，酷牙折返來，檢查一隻側臥的大船。它倒在凹谷外緣，船身和海底間留有空隙，像隧道或山洞，酷牙打算游進那裡面。

「這是個好地方。」他要睡一下，說不定還會有食物自動送上門。

才休息不久，酷牙被網子驚醒了。一張網從沉船落下來，纏住他的鰭，誰能做這種事？游動身體，酷牙推撞船。

「誰在船上？」酷牙張口咬下，船殼碎了，有點微光閃現，他聞不出是什麼。

大白鯊的一口利牙能咬斷撕扯任何堅硬骨頭，但網子是可怕東西，花很多力氣和時間，酷牙終於弄掉卡在每一片鰭上的網。

「恭喜你。」

突然聽到聲音時，酷牙正甩下頭頂一塊碎網，他翻身、張口、衝撞、發問，動作一氣呵成：「誰？」

沉睡的船被撞醒來，許多東西漂浮游動，酷牙還沒找到聲音出處，一大片發光的墨汁給了線索：「深海烏賊！」

眼睛不管用，酷牙循水流波動調整方向，避開一根飛過來的東西，那可能就是烏賊的觸手。

「你說對一半，如果你安靜不動，我就跟你見面。」聲音從船身各處透出，無法確定烏賊躲在哪裡，酷牙降低身體慢慢貼到泥沙。

船上的一塊板子突然掀開，酷牙看過去，等著。

「很好。」

船底下游出一隻大鰻，全身亮著細細虹光，酷牙沒看過這麼大又發光的海鰻，「你不是烏賊！」

「我是海底戰場的深海鰻米度。」

這個自我介紹讓酷牙嚇一跳：「你還沒……」

被吉拉本海流、米屋海流、巴蘭海流包圍的海域下，有一處「海底戰場」，源自海洋魚隻津津樂道的一次戰爭：很久以前，大烏賊和殺人鯨纏鬥許久，烏賊的觸手捆繞殺人鯨嘴臉，殺人鯨頂住烏賊去衝撞豚鼻碉堡的海中岩石，兩方都瘋狂到極點，洄游的、產卵的魚群，被迫改變方向延遲行程。

關注戰事的魚隻等待結果時，深海大鰻米度找到這對已經筋疲力盡，卻都不肯罷休的冤家，各賞了一鞭，準準打中大烏賊的頭和殺人鯨的尾。大烏賊鬆開觸腕，跌落海底深淵；殺人鯨無力游出海面換氣，也沉下去；米度想頂起殺人鯨，力氣不夠反而被壓住，聽說……

「我還沒死。」米度接住酷牙的話尾：「我受了點傷，但沒差，殺人鯨和大烏賊都死了。住在大船睡谷比海底戰場安全，我討厭大傢伙在海底逞強爭鬥，那真是不得安寧。」

「告訴我，你來做什麼？找吃的？還是來發洩精力想拆散這些船？」深海鰻米度停止發光。

當一切歸於黑暗，酷牙悄悄鬆口氣。這傳奇角色確實夠大夠精明，只憑剛才現身的機巧，酷牙就深感威脅，能不敵對最好啦。

「我來碰運氣，甜蜜海溝聽說都出現在所有大型魚不去的黑暗區域。」

「那麼，祝你好運。」

極輕極細，不容易察覺的水流搔觸酷牙鰓孔，通知他：米度正在移動！

「等一等，你剛才為什麼恭喜我？」

點點虹光從船板空隙中透出來，米度已經回到藏身的地方，聲音依舊查不出方向：「你咬破那個網，得到自由，恭喜你。」

酷牙悚然一驚：「你看過有什麼魚被網困住嗎？他們怎樣了？」

「很多，幾乎來過大船睡谷的魚都被網住，他們要付出代價才能脫離網子。」

「什麼代價？」

「做夢的能力。」米度的話很輕鬆：「只要答應交換，這些魚就可以離開網子，並且忘記這件事，從此不做夢，來到這裡也不會再被網住。」

酷牙越聽越多疑問：「他們跟誰交換？」

「我。」

想不到有這種事！從沒聽說大船睡谷有什麼詭異；難怪很多魚沒做夢……酷牙恍然大悟：「是你設的陷阱，對吧？」

「人類的船本就是危險的陷阱，我只是提供機會，要活命自由、或是固執困死自己，大家心甘情願的選擇。」

「為什麼？」酷牙瞪著那些虹光：「做夢的能力？為什麼你要這個？」

「我要聰明。你懂嗎？如果別的魚都不會做夢，我又很會做夢，那麼我將會是海中最聰明的智慧魚。」所有的光點消失了，黑暗把米度的聲音蓋住，等了一陣子沒動靜，酷牙轉身游開。

14. 傻克說你被騙了

「他跟我一樣想要聰明！」往上層游升時，一堆問題也在酷牙腦子裡升起。

深海鰻米度是如何收取魚做夢的能力？他怎樣使用人類的網子？成為一隻智慧魚之後，米度還會想要什麼？

「我不懂。」酷牙明白自己不夠聰明，應該找誰問問看，而且，「我最好通知大家，大船睡谷和米度的事。」

附近有辣孔古城，整座完整堅固的樓塔城牆，比起大船睡谷由船隻搭疊的洞穴住家，這裡更精緻舒適，住著更多海中居民，中小型魚在各層房間出沒，方的、圓的，不同形制卻相通相連，對只來過兩三次的酷牙來說，古城更像迷宮，有些地方容不下他的身軀，因此就「此路不通」。幾次繞道轉向後，他發現自己只能在外圍或高處向下窺探。

「喂，別這麼丟臉，拿出神氣來！」跟他打招呼的是傻克。這隻魚尾有折角，歪著尾鰭的黃鰭鮪魚，正從圓塔樓頂層游出來，神情愉快：「大搖大擺進去啊。」

酷牙和傻克比賽過，鮪魚爆發力強，大白鯊追不上，但是他倆成了好朋友，不僅分享食物也互通訊息。見到他，酷牙急忙靠過去：「跟你說一件事。」

故意放大聲量，酷牙把自己在大船睡谷的連串驚奇遭遇說完，「小心，深海鰻米度還活著，利用陷阱收集魚隻的夢，千萬別靠近那些沉船。」他特別強調這幾點。

「你一定被騙了，那隻海鰻隨便說個米度的名字就把你唬住，你想想，每天進出大船睡谷的海裡生物那麼多，怎會沒傳說這件事？」傻克不相信：「別把那傢伙的話當真啦。」

「不會吧……」酷牙繞過一根大石柱：「米度全身發光，游動時無聲無息，陰險狡猾……」唉，他越說越小聲。

真的是被騙了嗎？酷牙有點兒沮喪，「有誰知道米度的特徵呢？」酷牙問傻克。

「海底的老傢伙們應該會知道。」傻克為酷牙打氣：「把肚子填飽，玩幾遍海底世界，別記著這事情啦，總是有些傢伙靠詐騙活下來，你要原諒他們。」

看著傻克的折角尾鰭，酷牙突然靈感出現：「你做過幾個夢？」

咦，傻克停下來：「我，沒做過夢。」

「想不想修正你的尾鰭？」酷牙知道好朋友的困擾：歪掉的尾鰭影響速度，傻克在黃鰭鮪魚群中始終不能搶得第一。

「到小丑船礁打聽一下，小鯖魚神奇狄替會有辦法幫你解決煩惱。」沒等傻克開口，酷牙又加上一句：「你可以做冠軍夢。」

哈，那真好，「我試試看。」傻克很快游走了。

古城裡有寬闊的廣場，大白鯊酷牙慢悠悠的動動尾巴，聞出很多美味食物就在上頭，他開始往上浮升，悄悄繞起圈子。

一撮魚群搖晃水光，完全沒注意到酷牙正在接近。這不是隊伍，雜七雜八的各種魚，有一下沒一下的划動腹鰭臀鰭，看起來似乎都在睡覺、打盹，或剛吃飽忙著消化胃裡頭的食物。

大白鯊打開嘴和肚子，把這一群魚收攏來，讓他們有個共同的歸宿，「到我肚子去睡吧。」酷牙合起嘴巴。

15. 又是你這傢伙

辣孔古城已經落在酷牙下方，看不見了，現在的位置靠近自己的老家「鯊眼洞」，他決定去繞一趟。

越過寒冷的葛依海流時，酷牙突然打嗝，嘴巴不自主的張開，「咿」「咿」出聲。

「別慌別慌。」寒冷的海水叫肚皮一陣陣推縮，飽脹的肚子於是生悶氣，連酷牙都沒辦法控制。他試著放鬆全身，不跟海流對抗，這一來，肚皮抽搐慢慢減緩，跟著，酷牙聽到細碎吵雜的聲音：「我要搬家。」「應該是做夢。」「沒有水了，水在哪裡？」

「我的夢被米度搶走……」

「米度」這名字讓酷牙聽得一驚。

聲音從肚子傳到腦袋，吃下去的魚變成許多夢，「怎麼搞的，我沒有……」他急忙游動身體讓自己清醒：「我沒有睡著呀！怎會有夢？」

「又是你這傢伙。」冷冰冰的聲音很熟悉：「誰說睡著才會做夢？」一座小小岩礁擋在前面，紫色的硬刺差點刺進酷牙眼睛。

「你是老紫海螺嗎？」酷牙再看一眼：「為什麼你的刺變這麼長？比身體長一倍！」

「哼，一種奇怪的紅色海藻糾纏我的刺，把它們拉長了。」

「你真的是老紫！」酷牙很驚奇：「我被海流推到大海溝啦？」

「誰說我出現的地方就是大海溝？」老紫海螺氣呼呼，嚷得酷牙不知道怎樣回答，乾脆也用問題來交談。

「你看過米度嗎？深海鰻米度，他有什麼特別？」

老紫海螺全身硬刺突然伸長：「海底戰場那隻老海鰻？」

「是。」

「我當然看過，哼，全身發光的海鰻，自以為聰明其實只是狡猾，沒什麼好本領卻愛虛張聲勢。哼，那老東西有特別嗎？那一身多種色彩的光勉強可以算吧。」聽起來正是酷牙遇見的那隻深海鰻。

老紫又連哼好幾下：「哼，沒道理的東西！差點榨乾我的口水，哼，就為了要做夢，完全不管我的死活！哼哼，幸虧殺人鯨把他壓死了。」

哇，想不到老紫跟米度敵對過，而且吃了虧。

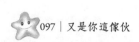

「米度沒死。」酷牙直接了當把大船睡谷的遭遇說一遍：「米度想要靠做夢變成一隻最聰明的智慧魚。」

老紫又嚷起來：「誰說做夢就能變聰明？」一個白色氣泡浮到老紫螺殼上，他倒轉身體準備走：「我還是回大海溝清閒些。哼，米度做夢！我遲早要去找他討回我的口水。」

如果不管米度的事，眼前白色氣泡帶著紫色螺殼漂浮，這美景實在很夢幻，酷牙看了好一會兒才想到請教：「等一下，你知道有什麼方法能避免夢被米度拿走嗎？」

「最好的方法就是躲起來。」老紫冷冷的口氣跟美妙身影已經漂遠，酷牙追過去：「至少，你可以讓更多魚做夢……」

「為什麼？」老紫停一下，白色氣泡更白、紫色更紫了。

酷牙想也沒想：「讓大家都會做夢，要比讓米度做很多夢安全些。」

氣泡又漂浮，老紫沒再答腔。他怕米度，急著要回大海溝躲起來。酷牙的話有道理嗎？不夠聰明的腦筋是不可能想出什麼道理的！

16. 米度的行蹤

按照計畫游向鯊眼洞，大白鯊酷牙沿路發出訊息，通知魚群和其他生物：深海鰻米度藏在大船睡谷設陷阱，要收取大家做夢的能力。

海流傳遞消息奇快無比，酷牙沒多久也收到魚群交換的聲息：大船睡谷找不到米度！藍鯨京哥和殺人鯨兇古利去查看那裡，幾乎要拆散那些睡覺的船隻了，但仔細找都沒看到米度。

「別忘了，深海鰻也可能到別的地方。」大群的月亮魚在鯊眼洞岩石間討論：「例如這裡，或是搖砂棚礁、尖嶺海堡。」

「那當然，詭計被揭穿了，誰還會留在那兒。」羊頭鯛魚群數量也不少，發表意見毫不客氣：「他隨時可能出現在任何地方。」

這些小型魚喜歡在沉船附近找吃的，鯊眼洞這地方沒有船，倒是天然岩石洞穴不少，而且多半有上下遮蔽，和鯊魚的三層眼皮很像，魚群來覓食時給取了這名字。

酷牙在有能力橫過葛依海流前，一直在這塊海域生活，熟識的鄰居都已不見，海底那個他棲居過的洞穴，現在窩著一隻海牛，原本斜躺身體睡覺，對於大白鯊拜訪反應遲鈍，幸好酷牙飽脹的胃發出勸告：「別貪吃啦！」他只搖搖腹鰭打個招呼就離開。

不過，海牛還是嚇了一跳，因為頑皮的羊頭鯛來通知：「殺手海鰻米度曉得海牛會做夢，正到處找你們，要收取你們做夢的本領。」

可怕的消息讓海牛急忙去找族類，更不幸的是，很多魚群也都說著「深海鰻米度」這名字，海水把消息傳送得又快又遠，一時之間，海牛們都以為米度已經出現了！

怎麼辦？能逃去哪裡或躲在什麼地方？

「跟著酷牙走，他會打敗米度！」

「大白鯊揭穿米度的陰謀，大白鯊能保護我們。」

不知誰先這麼說，其餘的海牛便就真的都來跟在周圍，酷牙卻完全想不出這是什麼道理。

「去找鯨魚啦，藍鯨京哥才是你們的保護者。」酷牙用他一口森利尖牙提醒海牛。

趁著海牛猶豫的時刻，酷牙擺脫他們，轉往搖砂棚礁。

海流持續帶來訊息：米度失蹤了！海中有很多洞穴、礁石、沉船、古城……能躲藏的地方都被大小魚隻找過，一無所獲。

聰明的深海大鰻，躲過大海世界的搜尋，他想做什麼？

17. 搖砂棚的老曼波

鯊眼洞的混亂場面不適合討論問題，能有可靠線索才重要，酷牙打算多找些老前輩問問意見。

一大片珊瑚礁和岩礁矗立在斜伸向深海的陡坡上，搖砂棚這名字怎麼來的呢？酷牙見到翻車魚老曼波後立刻懂了。

老曼波慢吞吞游在礁石間，側翻那圓鼓龐大的身體，他想要翻滾卻又笨重得轉翻失敗，打得水流震盪晃動，衝出一堆礁岩裡的細碎貝殼泥砂，看起來水中都是顆粒雜物。

「你有什麼毛病呢？」酷牙問老曼波。正常的翻車魚能順利側翻，肚皮朝上，老曼波卻總是失敗，是因為老了嗎？

好幾隻印魚貼在老曼波身上，兩隻鱸魚衝過來要吞咬印魚，發現大白鯊酷牙後退卻了，打算逃走。

「過來呀，替老曼波清理一下。」酷牙把鱸魚叫回來。

「老了會不靈光。」老曼波幾乎是停止不動，享受鱸魚的服務。「不過，我的毛病是鰓腔裡住著太多房客，那讓我不舒服，做什麼事都鬧彆扭。」

原來如此。「我想辦法帶狄替來看你。」酷牙看得出來，老曼波這樣子肯定沒辦法游到小丑船礁去排隊，「神奇狄替能清潔你的牙齒、鰓腔，只是，你要等我忙完米度的事。」

「米度那傢伙？」老曼波等鱸魚走了，緩緩搖著鰭往下沉：

「老了還有精神胡鬧嗎？」

「我遇到米度，他設陷阱，用人類的網抓魚，要收取魚隻做夢的能力。」酷牙詳細說完經過，問老曼波：「米度這麼做不是太狡猾可怕了嗎？」

欸，翻身不靈光的老曼波，腦筋倒很清楚：「有什麼特別呢？你看海裡的世界，有什麼魚不為了食物用盡心機的？」

「你是說，做夢的能力也是一種食物？」酷牙頭一次聽到這種說法。

「『夢』的確是種食物，會讓魚聰明些。」

這就奇怪了，「米度為什麼不是收集夢？」

老曼波嘆口氣：「他太自私了！夢和做夢的能力是兩件事，要有做夢的能力才吃得到『夢』這種食物，能力越強吃得越多，魚就越聰明。」

老曼波簡單幾句話就讓酷牙聽出關鍵：「能力才重要！難怪米度說，他將會是最聰明的智慧魚。」

「聽起來，他已經很聰明了。」老曼波的身體左右晃，鰓腔裡有蟲搔癢，要保持平穩有點兒困難。

「保持平衡才好。」老曼波有感而發：「智慧千萬別集中在某幾隻魚上，要不就會像我，時常歪斜，不正常！」

「到底」，酷牙用胸鰭拍打老曼波鰓蓋，讓這老前輩穩住身體：「做夢的能力要怎麼收取？」

「每隻魚都有做夢的能力，可是如果在深海中對著光，說出『放棄做夢的能力』這種話，那就從此不會做夢了。而萬一旁邊有別的魚緊跟著喊『我聽到了』，他做夢的能力就會被喊的魚收去。」

「老紫海螺不是也可以讓魚做夢？」酷牙不明白：「一樣是做夢……」

「老紫沒告訴你嗎？他的口水被海流沖走後，做夢的時效就過了。再說，除非自己有能力，否則靠口水做出來的夢，也只是一團模糊不清的影子，根本沒有作用。」

是這樣啊！那這件事怎麼處理才好呢？酷牙很煩惱。

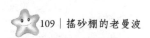

「你說阻止米度收集做夢能力這事情？」老曼波慢吞吞的搖搖身體說：「夢要保護，做夢好，我想，你應該去找大章魚和老紫，他們會知道怎麼做。」

「老紫怕米度，躲回深海去了，而且，他不認為做夢就會聰明。」酷牙把老紫說的話轉述一遍。

老曼波聽得連連嘆氣：「這就麻煩了，你快去找大章魚商量吧，阻止米度比帶神奇狄替來看我更重要。」

吃掉深海鰻米度，問題不就解決了？酷牙這直率的念頭被老曼波一個反問打消了：「誰能打敗米度？」

號稱海中之王的大白鯊，都沒把握對付深海鰻米度，能期望哪一隻魚去制伏呢？

18. 真的要搬家嗎

大章魚遠在泰夏沉城，酷牙想要快一點到達，就必須沿著北冰洋一帶寒冷的凍格海流、布拉海流、府加海流前進。不愛在寒冷中活動的他，盡量貼近較暖和的里亞海流游行。

兩種水溫交會的地區，有更豐富的海中生物，酷牙吃得很飽，順便也想妥路線：去尖嶺海堡，穿過船礁藻灘，直接越過芬蘭灣暖流，到時候，只要撐過一小段冰冷的府加海流就可以進入沉城。

抖擻精神前進，布拉海流的冰水和偶爾見到的冰塊，讓酷牙放慢速度，不再去想別的事。

甩動幾次尾鰭後，身邊魚群開始焦急匆忙。「你們要去哪裡？」「有什麼事嗎？」酷牙很詫異。回應他的是鬧雜聲音：「海！」「我們要乾淨的海！」「給我們全新乾淨的海！」

魚群在洶湧的波濤中呼喊，興奮、焦躁、不安。

「誰叫你們來這裡？」酷牙問一隻鯧魚，這小東西擠入密麻麻魚群，酷牙聽到叫嚷：「太陽通知我。」「我收到太陽的指示。」

「都一樣，太陽叫我們來這冰山海域，說大海搬家的行動就要開始了。」

說什麼呀？酷牙看著他們，哇，魚群把酷牙包圍得沒法轉身，可是沒有誰碰到他、看見他。

「我在做夢！」酷牙想：「而且是接續格拉海國的那個夢！」

吵著要搬家的，分明就是格拉海國的居民，這裡不是溫暖的格拉礁島，但魚群聚集吵鬧的畫面完全一樣。

「清醒的看著一個夢；我在夢裡，可是我不在他們之間。」酷牙很確定。接下來，米度的事被抛開，酷牙沉浸在夢境，他插不上嘴、幫不上忙，也影響不了誰。

傾巢而出的魚群布滿海面，海中生物在翻攪的海水中集體遷徙。每一朵浪頭裡都有密密麻麻，多得數不清的魚，他們奮力向前游，誰也不敢停，怕停下來就被遺棄；誰也不能慢，只要一慢下來，後面黑壓壓的一大群身影就超越、衝擠過來。

「在哪裡？在哪裡集合？」一隻大鯨魚匆匆游進魚群：「是這裡嗎？」

「喂，海盎，你怎麼現在才到？」銀鮫才跟這隻藍鯨打完招呼，魚群又起了騷動，不少魚隻隨在海盎後面出現。

「趕上了，趕上了。」大海蛇帶頭喊著：「好累呀！」

「奇非，你終於來了！」銀鮫招呼他。

「大牙，你也來啦。」大海蛇向銀鮫嚷：「這一路上真夠瞧的，全都是魚！」

「大海不能住啦！要活命就得把握這次機會。」海盎插話進來。

「等一下，後面還有更大一群！」

「欸，整個格拉海的住戶全都來到這兒了……」

大海蛇奇非和海盎、大牙打招呼的同時，鯖魚米線和鱈魚灰肚也興奮的交談。在他們周圍，各種各類的海中生物不斷擠靠過來。

「情況不妙啊，我們失去好多同伴！」

「真糟糕，傷亡慘重，損失太大了！」

又一群更龐大的逃亡潮跟上來，帶頭的旗魚黑背咳聲嘆氣：

「太慘了！海水這麼冰冷，那些享受慣的傢伙全熬不過來，唉！」

聽這麼一說，做夢的酷牙也抖縮覺得冷。他知道黑背指的，是那些習慣在暖流或跟隨季風遷移的魚群，海水溫度急遽下降，必然會奪走許多生命。「你們真的要搬家嗎？」他忍不住問。

依舊沒有回應，酷牙閉上嘴，安靜看著夢繼續進行。

「我在路上遇見大海龜巨鐵。」藍鯨海盎接在旗魚黑背之後開口。

「那是誰？怎麼沒聽說過？」銀鮫大牙問。

「我知道，巨鐵生活在深海底下，狹長邃遠的海溝，已經很久很久了。」奇非曾跟巨鐵短暫當過鄰居：「他呢？來了沒？」

「二天前死了。」海盎很難過：「他被海底翻攪的水流給沖上來，我拼命為他打氣加油，可是巨鐵適應不了這裡的水溫和壓力，終究……」

「怕什麼？撐著點、挺著點，總不能夠留下來等死！」奇非扭動碩長身軀鼓舞大家。

「對，對，向前才有希望！」「怕死的就不會來了！」「對，就算會死也要試一試……」

魚群再度興奮起來，為了擺脫族群滅絕的危機，明知搬遷過程險惡艱辛，即便體能難以負荷也要闖一闖，爭取一點兒機會。

「我們要搬家……」「我們要乾淨的海……」

海中劈啪拍打，魚群吵鬧聲音像是在回答酷牙先前的問話。

酷牙察看過身邊這些魚隻，他知道，還有不少膽小懦弱的傢伙，怕失敗怕冒險，寧願留在習慣生活的水域中，沒有跟上來。

「恐怕只到了一半。」估計出數量，酷牙再度懷疑：「你們還要繼續嗎？」

突然，魚群中喊出一聲一聲的：「搬家！」「搬家！」「搬家！」……

接下來的夢境怵目驚心，酷牙以為自己也成了格拉海國的一員！

19. 跳，跳，用力跳啊

整個海面滿是密密麻麻的魚隻，魚蝦層層相疊又萬頭鑽動，似乎有個巨大的網正從海水下頭兜攏，驅趕著這些魚！

海水劇烈波動，魚隻們被推擠游移，嚴重的碰撞使他們驚慌恐懼：「怎麼搞的？」「發生什麼事？」「我快受不了啦！」「天呀，我來這裡是對的嗎？」

海豚狄波察覺出情況不對，他仰起嘴向天空中叫喊：「風神，是你嗎？」

陣陣強風吹過，呼呼吼聲響起：「我來啦……」

天上的太陽應聲消褪，隱身到一重又一重厚厚的黑簾幕後，陽光被緊緊遮住，天和海頓時陷入漆黑幽暗中，什麼也看不見，只有太陽和風在空中霹靂啪啦交談，電光穿透雲層不斷閃爍。

「風神，現在起，一切交給你了。」

「我有多少時間？」

「三天！三天內，你要將這些海水和居民吹送出去，三天後我將出來照料他們，免得他們凍死。」

「好。」

「記住，你把冰山圍起來，再將海水送進去。把海中居民舉高之後，一定要他們自己跳過冰山。」

「為什麼？跳不過去的怎麼辦？」

「只有憑自己本事跳過去的，才能夠適應新環境的挑戰，這點你應該明白。好了，動手吧！」

太陽的話聲一落，空中的閃電也跟著消失，無邊無際的「黑」罩住整個世界，風，一陣狂過一陣，強大的風把魚兒們快速推移向前，所有的魚兒驚慌碰撞，酷牙只覺得身上鱗鰭一片片就要被剝落吹脫。

痛，好痛！

酷牙忍著冰冷刺痛，注意聽周圍動靜。

風神正在忙碌奔跑，揮動衣袖，張口吆喝，現在要忙的是「移山」——把所有冰山冰島全推攏環繞成一個大圈！

吹動高聳龐大的冰山，耗費風神不少力氣。冰層「喀喀」「嗤嗤」響，風神緊盯著白皚皚的冰山一寸寸滑動，生怕它們碎裂折斷。幸好冰層夠厚也夠硬，雖然掉落不少冰屑、冰磚，擔心的崩塌並沒有發生。

「超級龍捲風，出動！把各地冰山冰島全帶過來，出動吧！」愛好刺激的風神，像唸動咒語，發出一場又一場龍捲風。

黑暗裡的呼嘯更加恐怖，氣溫急速下降，魚群靠著推擠動盪感覺自己還活著。

水，冰冷至極；風，狂吼猛吹，格拉海居民悲傷疑慮，不知道自己能不能撐過這場劇變！

挾著冰屑的冷風飛掠急奔，「蓬」「碰」，龐大冰山落入水裡，激起的浪花像石頭般砸落在魚隻身上，立刻造成一個個傷口、破洞！

旗魚滾過時，長劍揮砍到酷牙和其他的魚，酷牙聞到血腥，背上、肚皮覺得痛。

沒有誰清楚所有狀況，太暗、太冷，魚群實在太多了，相較之下，死去的魚兒只是些微少數。

冰海圈成了！風神仔細對每一道接縫呵出冷氣，空隙立刻冰凍封合。他鼓足勁不停呵氣，讓海面下的冰層加厚加牢加深。趁機，風神盤算著接下來的工作。

大海已經把魚群推送到表層，現在只要把他們吹過冰山，讓他們落在新形成的海域裡就行，可是不能再用龍捲風了，而且，沒有水的保護，這些魚一定會摔得粉身碎骨！

「我還得要技巧些！」想到這裡，風神大喊：「喂，海老兄，該你啦！」

隨著風聲狂嘯，海面上突然捲起又高又大的浪，一波魚群被浪頭帶到高聳的冰山邊緣。風神張口呼氣，海水被吹進了冰海，浪頭上的魚群卻直直墜落原來的海域，僵直不動，在海面上浮浮沉沉，死了！

「嘩嘩」「唰唰」「蓬蓬」，海水從魚群身旁竄起，不斷向上沖，變成水柱、水牆、水瀑、水幕，然後瞬間又被狂風吹走，魚群被海水拋升再陡地摔下，苦不堪言的跌撞在一塊兒。

「我也會摔死！」酷牙扭動身軀，不安的游開想脫離夢境，可是游到哪裡都一樣，刺骨的寒冷、洶湧的海水和摔落的魚群包圍著酷牙，甚至，他還聽到催促：「喂，你們要跳啊，自己跳過去啊！」

是風神，森冷凶惡的吼著烏壓壓、吵嚷要搬家的魚群：「跳過去就是新的海，跳不過去就會摔死在這邊。跳、跳、用力跳啊……」

怒吼的風聲中，海浪再次騰空上升，烏魚黑金，秋刀魚薩馬，銅鏡鰺魚四破和他們上百成千的同伴，都被捲上這一波浪頭。

黑金覺得寒冷凍進骨頭裡，全身硬掉了，可是，托舉他的力量忽地消失，身子下墜的同時，跳烏的本能促使他下意識的躬身彈起。

驚慌的秋刀魚薩馬恰好看見黑金彈高，掉進冰海中。快要凍昏的薩馬，腦海中只留下擺尾甩彈的影像，他的最後意識便是用力「跳」！

銅鏡鰺魚四破跳過冰山時，正巧撞上秋刀魚薩馬僵直掉落的身軀，他倆同時擦過冰山邊緣，一左一右滾入冰海。

看著這樣驚險瞬間，酷牙膽寒心慌：「我跳得過去嗎？」他一點把握都沒有。

20. 誰來救救我呀

風神也捏把冷汗。「加油啊，一定要記得用力跳，跳越高越好。」一穿梭在魚群身旁，他不斷催促、提醒：「想活命的就要靠自己，跳啊，到了冰山邊緣你們就跳啊！」

強勁的呼喊卻增添魚群的震顫恐懼。

「噢，天哪，我完了，我跳不過去呀！」章魚八爪絕望的縮成一團。

小丑魚和獅子魚還有火箭、炮彈、雲蝶、皇后、皇帝等這些熱帶珊瑚礁魚，拼命聚攏在一塊兒。

「怎麼辦？怎麼辦？」

「早知道就留在格拉礁島！死在這裡還不如死在自己家！」

「噢，太可怕了，誰來救救我呀……」

他們後悔跟來這裡！冷冽的海水已經讓他們無法忍受，而跳過冰山更是超越他們的體能！

「小傢伙，要活命就要靠自己，風神的話還不明白嗎？」藍鯨海盎催促他們：「來吧！趁這個浪頭，我們一起……」

「走」字還沒說出，大海已經用力把他們高高舉起。炮彈和火箭、雲蝶全身僵硬，皇帝和皇后、獅子魚、小丑魚通通昏睡，章魚發狂亂甩觸腕，被蝴蝶魚冰硬身體碰斷不少吸盤。

浪頭上，海盎的壯碩身體仍舊顯得突出，在海水被風神吹空的剎那，他張開大口把這群熱帶魚、章魚收下，用力跳高起來朝冰山翻過去。

「好冷啊！」渾身肌肉縮緊，海盎再也做不出其他動作，只能任由身體直直墜落，口裡的魚也一隻隻摔出來。

冷，是海盎唯一的感覺，要被送進冷凍庫了嗎？「不！不！我要搬家！」可是海盎發不出訊息，寒冷把他凍僵了。

風神連忙拉起風衣接住大鯨魚，「好好的休息吧。」他呵口冷風讓海盎沉入睡夢中。

「了不起的傢伙！」酷牙為海盎喝彩。

這個大海搬家的夢實在驚恐慘烈，好幾次，酷牙覺得自己從高空跌回海裡，翻越失敗！內臟揪縮疼痛時，他忍不住掙扎，才發現自己安好沒事，但夢境還持續，明知是個夢卻擺脫不掉。

看著一幕一幕魚群跳過冰山的過程，酷牙張口、拍鰭、抬頭，想幫點兒忙，藍鯨海盎的動作正合酷牙想法：把小傢伙帶過去。

「做得好！」酷牙再一次說。

海面上險象環生。大海不斷舉高浪頭，無法計數的海中居民，一批又一批被送到冰山邊緣，拖著冰凍僵硬的身體努力翻過冰山，有些魚幸運的撞跌在一塊，成堆落下冰海。不少魚跌在邊緣，辛苦掙扎，一寸一分的勉強動作，有些僥倖成功，有些沿著冰山溜滑梯而下，卻是不幸落在冰海外！

海豚狄波，大海蛇奇非，旗魚黑背雖然沒看見藍鯨海盎的英勇舉動，卻不約而同用自己身軀托載其他魚隻。

鯖魚米線、鱈魚灰肚、花腹鯖魚青飛和鬼頭刀則是在同一個浪頭上，順利滾入冰海中，至於銀鮫大牙直到第二次才僥倖被鮪魚饕串「掃」入冰海……

風神衣袖飛舞，把剩餘的海水都潑灑到冰壁，凝固成更厚更堅硬的冰層；龍捲風拔起海底岩石，堆砌壘疊在冰海外，護住這一座新形成的海域。

三番兩次掙扎都失敗的魚兒，還在等候大海把他們舉起來。但是，大海無力啞聲，海水已經用完，再沒辦法製造浪頭，魚群們沒有機會了。

躺在淘空的海底，頹喪的魚兒們呻吟喘息，茫然回想被海水輕柔撫觸，隨浪悠遊的日子。悲憐自己的同時，周圍同伴們的屍體也提醒他們，誠心祝福進入冰海的魚群，能順利得到全新的生活。

「慢點，等我！」酷牙急著掙動：「讓我過去！」「我要看看新的海！」

風神掃起酷牙，短暫的瞬間，他看見：每一隻越過冰山的魚，都成了「急凍魚」！

新的海域是一個奇大無比的冰窖，冰凍著無數尋找新家的魚群。透明冰塊封住他們的身體，形成一塊塊大小長短不一的冰磚，像極了岩石！

「都睡著了。」酷牙看著冰海內的魚群。

怒吼狂風停歇了，洶湧波濤平息了，耗盡體力掙扎奮鬥之後，魚群的夢想還在嗎？就這麼沒知覺沒痛苦的永遠睡去或許更好吧，如果張開眼活過來，困難和挑戰也會立刻就出現，他們面對考驗時會怎麼說呢？第一句話會是……

21. 尖嶺海堡的胖卡

寒風推推酷牙：「好了，你也睡吧。」

「不，我不能睡！」酷牙急忙拒絕：「我要保持清醒！」

大聲說的同時，酷牙撞上東西，喔，夢境消失了，但真的有冰塊，布拉海流帶來的北冰洋浮冰把酷牙卡住了。

發覺游偏方向，酷牙趕緊調正，找到溫暖的里亞海流後，很快見到一根細尖石柱，從海底磐石矗立透穿海面，露出一小塊石頭。

「尖嶺海堡」是海中生物的精神指標，冷暖海域的各種魚群習慣兜繞它幾圈，寬廣的底磐是整片大岩石，乾淨，沒有任何浮游生物、藻類、蟲類定住，神秘又神聖。

「我為什麼做這樣的夢？」酷牙一邊繞圈一邊想：秋葵區毀了，格拉海國鬧搬家，大海真的會發生這種事嗎？

回過神再看，在他上方、底下、旁邊，各種大小的魚隻也繞圈，他們有自己的問題，但沒有誰擔心被攻擊，「尖嶺海堡」磐石之上不容許血腥。

迅速繞完一圈，準備離開前往船礁藻灘時，酷牙被巨口鯊胖卡攔住：「等一下。」

看到胖卡的超級大嘴巴，酷牙想起夢裡頭，有個大嘴將一堆小魚含住，送過冰山，如果胖卡也在夢裡頭就好了，這麼大的嘴能裝載不少！

「大海搬家時你一定要來幫忙！」酷牙朝胖卡喊。

沒頭沒腦被酷牙邀請，巨口鯊胖卡差點兒忘了自己要說的話，跟在酷牙旁邊，甩了兩次尾鰭才開口：「米度要找你。」

米度？在大船睡谷？酷牙很驚訝。

「米度在豚鼻礀堡，很多魚在那裡跟他作伴。」胖卡游得慢，在酷牙後面說。

「那些魚被關住了？」酷牙停下來等胖卡。

「不是，你絕對想不到，他用身上發出的光。」胖卡連說話也慢吞吞：「七彩的光照得魚舒服，想睡，懶得動，不想游。」

「米度想做什麼？」

酷牙努力猜：要收集魚做夢的能力嗎？不必把魚留下來呀。要當作食物嗎？一次也吃不完呀。米度用發光代替網子留住魚，太聰明了。

「我的腦筋實在不靈光，比不上米度。」

酷牙自怨自艾時突然嚇一跳：「米度找我？要做什麼？」

「不知道，他只說：『告訴酷牙，我要找他。』就這樣。」

聽口氣是叫酷牙去見米度。「好吧，等我忙完，回程會經過豚鼻碉堡。」答應胖卡後，酷牙問這大嘴鯊魚：「你做夢嗎？」

「當然。」生活在深海海底，幾乎時刻都在做夢，胖卡很得意：「我的嘴巴這麼大，看到沒？全是做夢給的。」一個又一個夢，營養好吃，嘴巴都嚼大了。

咦，「你打敗米度了？」

這個問題顯然莫名奇妙，胖卡反問酷牙：「我為什麼要跟米度打架？」

「米度想盡辦法要收集魚做夢的能力，他怎麼會放過你？」酷牙直率的說。

胖卡停在酷牙前面不作聲，緊盯著酷牙眼睛。被看久了，酷牙覺得心慌迷糊，腦袋昏沉，前面好像一大團光閃呀閃。

「胖卡怎麼笑得跟米度一樣邪惡陰森！」這個念頭叫酷牙肚皮抽搐，張口想吐，他趕忙閉嘴，吞下要嘔出來的東西。

「喂，你是胖卡還是米度？」

「哼，算你厲害，我會再來找你。」說話的正是深海鰻米度，從巨口鯊口中衝出來，很快就不見影子。

震驚和恐慌讓酷牙呆呆看，做不出反應。

大又長的深海鰻像條發光的繩子，盤繞窩藏在巨口鯊大嘴，控制胖卡的行動和說話，冒充胖卡來接近魚隻，離開時還惡狠狠摔了胖卡一個大筋斗。可憐的巨口鯊失魂落魄，骨架好像都要散開了。

「我有答應什麼嗎？」想到剛才曾有一段時間陷入昏沉，酷牙擔心自己是不是被迷惑神智，放棄了做夢的能力！

「你沒事吧？」酷牙用胸鰭拍拍胖卡尾巴：「有聽到我答應米度什麼事嗎？」

「我要回深海去。」胖卡有氣無力的說：「你答應要去豚鼻碉堡。千萬別去，你已經見到米度的邪惡了。」

如果剛才把米度一口吞下就好了！酷牙很懊惱：為什麼自己總是反應太慢呢？

胖卡跟老紫一樣，想躲回深海，邪惡的米度八成也取走胖卡做夢的能力了。「究竟發生什麼事？」酷牙陪著胖卡慢慢游。

「我在深海底層攪動海水，可能驚動米度，他找到我，全身強光把我搞昏了，居然一切聽他的：張開嘴巴給他躲藏；向前游、向上升，到處巡游。他住在我的嘴巴裡，強迫我去吃魚蝦，其實都進了他的肚子，我被餓得無力反抗。他也在我嘴巴裡說話，堵著我的鰓孔命令我，讓我無法出聲。遇到你之前，他已經利用我吃了不少魚，也要到許多做夢的能力。」胖卡說完一長串話，精神好多了，氣呼呼的罵：「米度沒放過我，邪惡米度誰也沒放過，我唯一的慶幸是還保有做夢的能力。」

「嘿，這就很了不起啦。」酷牙很好奇：「你怎麼辦到的？」

「我沒法說話，當然就不可能答應什麼。」胖卡悻悻說完又發牢騷：「假如你沒讓他離開，我遲早躲不過他的索討，啊，我要躲回深海底，絕不再攪動海水了。」

「你要躲開米度跟攪動海水有什麼關係？」酷牙不明白。

「攪動海水，細小的藻類會浮游四散，我能吃到更多好東西，但是海底那些毒的髒的壞東西，也會到處漂流。大家都說，米度就是吃了壞東西才有那身邪惡的光。」胖卡向更深更暗的海底沉下去：「攪動海水會讓米度聞出我的味道，那最糟糕……」

22. 船礁藻灘的藻魚

酷牙獨自游向一大片藻葉漂浮的海域，腦子裡有念頭跳著：被謠傳失蹤的米度，竟然是躲在巨口鯊嘴裡，真聰明啊！

「我差點神智不清。」酷牙震一下，他對「邪惡米度」身上的光印象深刻。

會發光的深海鰻很多，深海中的魚、蝦、軟體動物也會發光，但都不像米度這樣迷惑神智。鮟鱇魚皮達用釣桿的光引誘小魚小蝦，即使被皮達捉住，這些魚蝦也還是清醒的，究竟米度是吃到什麼才變得和大家不一樣呢？

「綠澤高台的烏賊和烏魚群、鯨鯊，吃了奇怪的蟹苗、魚蝦、藻蟲，身上也變了樣……」酷牙仔細回想。

大海很美，頂層、中層、下層、底層，甚至更深層的水域，都有豐富的景物，當然也會有廢棄的東西堆積。「我的牙齒就是。」酷牙笑起來，鯊魚的牙齒不斷換新，掉落的牙齒絕對不是食物，沒有什麼海中生物能消化得了，海底的鯊魚牙齒只會沉睡，說不定堆積在一起會成為另一個尖嶺海堡，或是什麼海中地標！

唉呀，胡思亂想的酷牙一不注意闖進藻灘上，被長長藻葉糾纏全身，尾鰭吃力的拍打，胸鰭、腹鰭被緊緊拉扯，身體沒辦法平衡了，漸漸側翻，急得酷牙拼命扭動身體，尖銳粗糲的鱗皮反而勾住更多藻葉，他只能先安靜片刻，穩住，不讓自己做翻車鯊。

「你不知道規則嗎？」問話從酷牙背上傳出。

「我知道。」酷牙乖乖回答。

這一大片藻海有著海中最大、最長、最多的藻類，跟隨四周圍複雜的冷暖海流不定向的漂浮，許多藤壺和珊瑚、管蟲之類居住在這裡，更有藻魚在這裡築巢產卵，把這片漂浮的藻海經營得像是漂浮的船隻、海中礁島或岸邊灘地，「船礁藻灘」就是這麼出了名。

這個海域有豐富的食物，魚群愛來找吃的，可是都怕碰上藻灘，避開、繞道是最安全的方法，一定要穿越的話，那就要慢慢輕輕，小心閃躲長長垂下的藻葉。通常，魚和藻葉互相客氣禮讓，可以平安順利通過，只怪酷牙不專心，直進硬闖的，現在藻魚發聲教訓他了。

「對不起，我在想事情……」酷牙看不到背上那隻藻魚，皮膚察覺糾纏的藻葉被一條條撥開、解散。

「什麼事情比安全還吸引你？」藻魚在藻葉裡，熟練輕巧的鬆脫、拆卸那些勾結，一邊問。對一隻有禮貌的大白鯊，地主也要展現風度，關心一下。

「我一路游過許多地方，發現不少魚身上變了樣，性情變得邪惡，聽說都是吃到奇怪的食物。」酷牙趁機打聽：「我想不出大海裡怎麼會有奇怪邪惡的食物，你說呢？」

藻魚沒有立刻回答，綁住鯊魚背鰭的一大捆藻葉不肯罷休，纏繞得緊密，藻魚準備咬斷它們，只是挑不準從哪裡動口，正傷腦筋著！

「有聽說什麼奇怪的蟹苗、魚蝦、藻蟲嗎？真的是吃了會改變魚的外表、性情的東西嗎？」酷牙等過一會兒，又問一次。他覺得身上輕鬆許多，藻魚已經替他把背鰭的障礙排除了。

「我知道一些細微的藻類有問題，他們專吃人類丟入海中的毒物，說不定毒性就留在他們身上，那就有可能出現像你說的『奇怪的食物』了……」藻魚游到酷牙頭上：「動一動你的鰭，讓我確定你的情況。」

逐漸往下沉的酷牙先擺動背鰭、胸鰭和腹鰭，慢慢的，很小心的校正方向，他要闖越極寒凍的府加海流，找對了方向可以順利橫渡，那就能盡快游入溫暖的芬蘭灣。

藻魚看著酷牙轉身，這隻大白鯊頭上有一顆牙齒，「多麼與眾不同呀！」藻魚想。

「你會做夢嗎？」酷牙問完，覺得不禮貌，趕快又說：「祝福你時常做夢，那是愉快又有營養的事。」

「你的祝福妙極了。」藻魚興奮的鑽竄，從沒有魚主動跟他談論做夢的事，即使他和藻灘來來去去的魚類都保持友善，也不曾受到這樣的關心。「我喜歡做夢！」他追著酷牙頭上那顆牙齒，期待過一會兒就做個頭頂長牙的夢。

23. 去泰夏沉城找大章魚

「你要提防邪惡米度，那隻全身發光的深海鰻，會用盡方法收走你做夢的能力，小心他的光！」酷牙提醒藻魚。離開藻灘時，鰓孔裡突然傳來一股味道，有點熟悉，跟腦袋中某件事情有關聯的氣味！

「是什麼？」酷牙一邊游一邊想。府加海流的冰冷透進皮膚底層，催促他快速猛力的前進，思索答案讓他多少忘記寒凍。

「這味道……」是吃過的食物嗎？不是！再分辨一下那味道，不臭，甚至還有點兒香甜。

很多景象跳進酷牙腦中：礁石洞、珊瑚、海鰻、秋葵岩礁……他忽然明白了，氣味正是那隻盤在洞裡裝睡的海鰻發出的，抱怨「海底家園被毀，再也沒有花園」的海鰻，剛才也躲在藻灘，說不定是米度！

被自己的念頭嚇一跳，酷牙很快清醒：不是每一隻海鰻都有問題！

鰓孔進出的水不再有特殊氣味，海水也不再冰冷，進入芬蘭灣溫暖水域了，酷牙重新尋找方向。儘管「奇怪的食物」盤繞心頭，他依舊痛快吃下一餐，「如果怕這個怕那個，活在大海裡卻餓壞自己，那就太丟臉啦！」飽餐後酷牙歡喜的想。

就像綠澤高台那裡冷暖海流交會，芬蘭灣在海洋中也赫赫有名，魚群聚集在這裡，有些跟酷牙一樣，從辣孔古城、尖嶺海堡或船礁藻灘來，也有從拜拱煙洞甚至秋葵岩礁過來的，再不就是經過大船睡谷、豚鼻碉堡、熱皮力洲一路橫越海洋。

魚群隨海流找食物，按各自繁衍的需求找居住地，有個例外吸引魚群的處所是「泰夏沉城」。這座矗立海底的大城，傳說是大海發怒，向陸地咆哮衝撞，橫掃破壞後帶回來的紀念品。長久時間過去了，城只看得出土堆、石塊留下的模糊輪廓，海把它拉進海底，有什麼目的呢？魚類不知道。

在泰夏大城穿梭，經常是隧道、洞穴，連接一座又一座「山」和「谷」，游完一趟，魚隻可以豪氣的誇口：「我去過泰夏沉城了。」似乎很了不起，其實只是證明自己體力夠，閱歷多一項。

聞名大海的不老大章魚就住在泰夏沉城，可是沒有多少魚想見到他。這大章魚活了很久很久，攻擊力依然強大，脾氣還可能特別壞，誰都怕招惹老傢伙，所以啦，走一趟泰夏沉城就變得刺激又冒險了。

酷牙要找大章魚，他游在泰夏沉城水域一邊喊：「大章魚，老曼波叫我來找你。」「大章魚，你在哪裡？」

幾隻好事的魚隻跟在酷牙身後，冒著被大白鯊吃下肚的危險，想見見大章魚，其他的魚全避得遠遠的。

「他瘋了！」「等著吧，大章魚會給他教訓。」「我們會見到一場海底大戰嗎？」

不理會魚隻的評論，酷牙張開口，對尾隨的傢伙露出尖利牙齒：「你們想做什麼？」這動作嚇跑了想看熱鬧的魚群。

擺脫跟隨者，酷牙繞完一群S型山頭，繼續喊：「大章魚，我來找你啦。」這麼喊完，他游向一座「山」，在山頂找到一個洞口，稍稍停一會兒後，他游進去。

洞內直通向下出現另一座山，酷牙回憶老曼波告訴他的路徑：「山內有山，山底有洞，潛進去，找到圓圓大石頭。」一切都跟老曼波說的一樣，酷牙順利看見那個石頭，圓得沒有半點兒缺角或突出，接著要拍打石頭，會發生什麼事呢？

「老曼波，你可千萬別記錯！」照著做的酷牙調整好姿勢，用尾鰭朝石頭底部小心拍兩下。

以為大章魚會推開石頭爬出來，或是石頭滾開什麼的，酷牙等著，卻什麼事也沒有，老曼波恐怕記錯了，要多拍幾次石頭吧。

正要再去拍打石頭，水流有輕細晃湧，酷牙警覺的游高，肚皮已經被黏住，他使勁全力升高仍擺脫不掉，吸住肚皮的東西任由他甩、扭，前後左右來回衝撞到停下，糾纏很久都不放開，甚至鬧到酷牙虛脫無力，心想要沉落海底了，那東西還是緊黏住肚皮，把他撐舉著。

嘿，這可好玩啦，酷牙乾脆趁機放鬆，讓重量都壓在那東西上。

「大章魚，是你嗎？」等了一會兒沒動靜，酷牙主動問。

不問還好，他一開口，更多吸盤貼上全身，猛力吸抓，像要把大白鯊剝掉皮鱗。酷牙嚇慌了，擠出全身力氣來幾個四面八方大翻滾，讓那些吸盤絞扭在一起。喔唷，吸盤不甘願的離開酷牙，狠狠抓下好幾塊皮肉。

血腥味和刺痛感強烈刺激酷牙，張口朝吸盤咬去，只是他撲空了，所有的吸盤瞬間消失，不再繼續攻擊。

24. 希塔想要鯊魚牙

酷牙循著水流，機靈的下潛後游進另一片水域，蟹殼、貝殼和珊瑚、藤壺堆成一座一座石壁，到這時候，酷牙已經搞不清楚泰夏沉城的結構，眼前這景象，跟他在其他海域或礁島底部看到的，都一個樣嘛！

「格拉海國也長這樣。」酷牙自言自語，隨後愣一下：「我怎麼想到那個夢……」

「在我看，夢和現實都差不多。」一條觸手在酷牙身邊跳舞，同時發出聲音。

噢，有酷牙身體那麼長的觸手，擺動起來輕靈曼妙，在那上面，每個吸盤都大得像老曼波，剛才，它們抓得酷牙傷痕斑斑，現在卻美得勝過海百合、海葵。

「老曼波出了什麼事？他答應過不洩露我的住處。」又一條更長的觸手加進舞蹈，在酷牙的上下左右翻滾迴繞，美極了。

酷牙提心吊膽，就怕那些吸盤黏上身，躲躲閃閃還要回答問題，他的腦筋忙得不得閒：「老曼波鰓腔裡住太多房客，他的平衡有問題，我答應帶神奇狄替去為他清潔。不過，他叫我先來找你，想辦法阻止米度。」

如果酷牙能夠看見自己和章魚觸手跳舞的姿勢，他一定會大吃一驚：大白鯊變成海豚了！

回答完後的酷牙只是覺得：累呀，這輩子從沒這樣耗神耗體力。「我應付得還不錯。」他安慰自己。

跳舞的觸手在酷牙說話時慢慢停止動作，軟軟垂下，似乎大章魚就要出現了。

酷牙等著。

「說說米度的事。」第三隻觸手伸向酷牙，輕輕點碰他頭上那顆牙齒。

「別碰我的徽章。」酷牙歪過身。

要敘述「深海鰻米度收集魚隻做夢的能力」這件事毫不困難，連米度邪惡的手段、找酷牙去豚鼻碉堡……等等枝節，一五一十都說得清楚明白，惟獨說到「做夢會聰明」這一點，酷牙開始結巴。

「你懷疑什麼？」問話的是第四隻觸手，大章魚是要讓八隻觸手都亮相了才上場嗎？

「我，我也做了幾次夢，想找出辦法讓身體不會往下沉，可是老紫海螺不認為做了夢就會聰明，不過，米度卻靠做夢的能力要當一隻智慧魚，到底，做夢和聰明有什麼關係？」說完這一大堆，酷牙意外發現被黑黑亮亮的眼珠瞪著！

嗄，大章魚沒聲沒息出現了，四隻觸手簇舉圓圓的頭身，高度正好能平視酷牙。和修長觸手比起來，大章魚的頭身肥滾胖嘟，表皮褐花灰暗，跟海中的石塊礁壁或海底泥土完全混在一起，「誰會想到他就站在身邊！」酷牙只能佩服，大章魚的偽裝術真的找不出破綻。

「聰明的魚會做夢，但做夢的魚不一定聰明。」大章魚用跳舞的觸手說話，聲音也很輕快。

「正是，正是。」擺動腹鰭，酷牙完全同意大章魚的話，尤其後面那句，「就是這樣，我做了夢，還是不聰明。」

「你？」跳舞的觸手尖端轉個小花圈，那是代表章魚的笑嗎？「你做什麼樣的夢？」

喔，酷牙不確定大章魚的意思：「我的夢很奇怪，你要聽嗎？」

跳舞的觸手再度轉個更大的圈，把每個吸盤彎捲繞成美麗的花朵：「說來聽聽，簡單一點，別囉嗦。」

「秋葵岩礁被毒水毀了；老紫海螺破殼發臭，神奇狄替把他帶進我肚子裡修補；格拉海國的居民吵著要搬家，也真的把海搬到新的地方去。」酷牙其實想說得更精采些，那麼長篇的故事變成這簡短幾句，太可惜啦，大章魚如果也在那大海搬家的行列中，一定會仔細誇張的描述自己的遭遇吧。

「我不但在夢裡做夢，也清醒的做夢，還會接力持續的夢。」他意猶未盡的補上幾句。

「很好的夢，營養，而且新鮮，我敢說，你這些夢都是從未有過，水準一流。」認真誇獎完，大章魚不再跳舞，八隻觸手全朝下，嘩，他把自己舉得更高了。

酷牙讓自己上升，找到章魚的大眼：「大章魚，你也是清醒的做夢嗎？」

「老曼波和老紫知道我叫希塔，那就是醒著也做夢的意思。」大章魚希塔現在改用嘴說話，聲音沉穩威嚴：「隨時隨地，一邊工作一邊做夢，在我看，夢和現實並沒什麼差別。」

酷牙還沒想清楚這其中道理，希塔又接著說：「老紫不是怕米度，是懶得理會。米度就算真的成為智慧魚，他還是會不快樂，還是要去找老紫想辦法，求快樂的夢！」

「為什麼？」酷牙很詫異。

「老曼波認為應該阻止米度，是要保護其他更多的魚；失去做夢能力的魚，只知道找食物吃，活著也不會察覺快樂！」希塔說完，八隻觸手輕輕點呀點，又扭轉旋繞跳起舞來：「這裡有一隻魚，吃下一塊冰，冰變成一串氣泡，哈哈，魚浮上去，浮上去，浮出海水，魚被太陽曬黑了，皮膚痛得哀叫。嘴巴打開時，氣泡飄上天，魚又回到海底，背上黑、肚皮白，這隻魚怎麼辦才好？啊，我想一想，我想一想，也許他可以再吃一塊冰，浮出海水請月亮曬一曬。」

大章魚希塔跳舞、唱歌，很快樂。

酷牙先是莫名奇妙，呆呆看，後來忽然懂了：這就是「希塔」，因為做夢而快樂，充滿活力，也腦筋靈活！

還在跳舞的大章魚，聲音開朗愉快：「給我一顆鯊魚的牙齒，我就教你做一個夢。」

酷牙嚇一跳，立刻拒絕：「不，我喜歡自己嘗試。」

「那麼，你為什麼不嘗試阻止米度？」大章魚的觸手掀擺得柔美快速，像極了魟魚的蕾絲裙花。

「我？我要怎麼……」

「想辦法收取米度做夢的能力，這是我的對策，也許你可以找到更不錯的方法，比如像我，從夢裡想出好主意，要不要試試呢？一顆牙齒換一個夢！」說到最後，希塔竟然又打鯊魚牙的念頭。

酷牙很錯愕，忍不住張開口磨磨牙齒，一個靈感跳了出來。

啊呀，酷牙恍然大悟，體貼的告訴希塔：「我帶狄替來，你需要他的服務。」錯不了，希塔的牙齒老了，壞了，咬不動好吃的食物啦。

「當然，我要先處理米度，而且，等看完老曼波之後，神奇狄替才能來看你，這是要排隊的。」

就在酷牙說話時，大章魚希塔洩氣似的趴翻身體，跳舞的八隻觸手緊緊吸捲酷牙，把大白鯊五花大綁捆得結結實實。

「去！快去！祝你成功！早點帶狄替來！」強壯有力的觸手抓起酷牙，急速的推送出去，哎呀，酷牙變成章魚噴水退後時被噴射出去的「子彈」，話才說完，希塔已經遠到看不見了。

「嘿，你還沒教我……」酷牙急得游竄迴轉：「我們還沒商量……」

沒有回應，仔細看，他游在泰夏沉城的一座座土堆中，如同進入之前的樣子，喔，希塔從什麼祕道把他送出來呢？

「我完全沒弄清楚！」酷牙沮喪的想，希塔大又亮的眼睛、說話的手、跳舞的動作，還有對做夢的看法，這些酷牙都記得，但是，「怎樣收取米度做夢的能力？我一點辦法也沒有！」

酷牙嘀咕時，旁邊游出一群小魚，想都沒想，酷牙張口吞下他們，進到咽喉才發現那是冰塊！

這水域怎麼會有冰？

酷牙想吐出冰塊問明白，不料冰塊滑進肚裡，他只吐出一串氣泡。

「去找狄替！」「想個好主意。」「去嘗試，去做夢……」那些氣泡說，居然是希塔的聲音。

酷牙趕快合住嘴，如果希塔有辦法變成氣泡或冰塊，「那我最好把他留住，別讓他跑了。」能夠有聰明強壯的大章魚當夥伴，對付米度就更有把握啦。

25. 黑水溝的缺異國

游向豚鼻碉堡的路，大約是從尖嶺海堡到泰夏沉城的距離，酷牙選擇橫渡波亨海流和巴南海流，這樣比較近。

夾在這兩處溫暖海域中的「黑水溝」是危險地形，寬闊深陷的峽谷，兩頭都有黑色巨大石塊做地標，奇怪的是，海水浮力在這裡完全消失，每一隻魚都必須奮盡全力衝過黑水溝，游起來一點也不輕鬆。想也知道，浮游生物如果被海流衝入黑水溝，命運就是沉入黏臭的黑泥，再也出不來了。

黑水溝很臭，不是像破殼臭螺那種壞味道，是從海底污泥滲發出來，會堵塞鰓孔、迷昏腦筋的怪味，幸好臭味並不流散到黑水溝之外，其他魚種通常一鼓作氣閉住鰓腔衝過去，但是鯊鮫之類若關閉鰓孔可就要斷氣了。

除非繞大圈，兜向拜拱煙洞，再從熱皮力洲進入豚鼻碉堡，否則大白鯊酷牙免不了要被黑水溝臭到虛脫無力，很可能沉下去，黏在那黑泥沼中從此消失！要冒這個險嗎？

波亨海流的水溫暖撫摸酷牙，游動身軀感受每一片鰭充滿力量，酷牙想清楚了：生命裡有些冒險刺激是好的。

他游進黑水溝時，一條奇怪的魚跟著，藉酷牙划動水流產生的一點點推力，奇怪的魚竟然要來撞酷牙。

集中精神前進，酷牙看見許多魚咬著泥土、海藻、石塊，丟入黑水溝，「填起來！」「把臭泥蓋住！」喊完、丟完、離開後，又來一批魚。

有隻雙頭海豚不斷點頭「呀呀」叫，兩個頭分別向左右點，然後一次又一次腦袋相碰，還游來酷牙肚子邊撞他的鰭，喔，跟蹤酷牙的怪魚就是這傢伙。

酷牙努力游，他拼命加速甩尾鰭推動身體，可是身體很重，一直往下沉，發現身子漸漸接近黑水溝底，酷牙發急了：「這不行，我得游出去，老曼波和希塔還在等我……」

雙頭海豚從下方來頂撞酷牙肚皮，恰好酷牙甩尾鰭，兩股力道讓酷牙斜斜朝上竄高，填土的魚群迎面碰到他，卻都只是影像，沒有實體。

「我又做夢了！」酷牙眨一眨眼睛，鰓孔裡傳進說話聲：「黑水溝已經被我們佔領，留下來加入缺異國吧。」

是雙頭海豚，口氣很霸道：「看看缺異海國的成員，你會佩服我們。」

這隻雙頭海豚外表很怪，不料跟著他來的，還有沒尾的旗魚，豎殼的海龜，身體從中裂開的刺魟，捲成海馬樣的鰈魚，身體兩端各長出牙齒卻沒有胸鰭、腹鰭的鱈魚，還有頭尾圓大、身體細如鰻的鮪魚……

酷牙驚駭的瞪著他們，就算身體破損變形了，這些魚可都活力充沛，繞在酷牙周邊交錯出現。

「擦上變形海膏，你就可能少一半負擔，要抹在哪裡呢？頭？或是尾巴？」無尾旗魚先是挑釁的拿長劍畫向酷牙，直到肚皮一陣刺痛，酷牙才警覺，這些奇怪的魚是真實存在的傢伙。

黑水溝的惡劣環境對他們毫無影響，而且他們不是夢裡的景物！

接著，一隻海馬鰈魚不客氣貼到酷牙背上磨蹭，鰻身鮪魚更勾住酷牙尾鰭，左右亂擺。受不了戲弄，酷牙想張口去咬，「咕嘟咕嘟……」一串氣泡從口中冒出來，身體跟著跌墜，酷牙連忙閉緊嘴巴。

「快游出去，快，不能再耽擱！」心中緊急催促，尾鰭一陣猛衝怒甩，大白鯊落荒而逃，完全沒了雄霸氣勢。

「歡迎再來。」「缺異海國在黑水溝等……」聲音突然中斷，酷牙全身輕飄浮起，啊，海水托舉身體的力量熟悉又親切，他已進入巴南海流，冒險結束了。

26. 去紅泥海峽搬黏土

酷牙放鬆肌肉，任由海水帶著漂浮。

「漂浮？」

他很訝異，停止任何動作，等著。沒錯，海流推動他向前向後、向左或向右，但沒有下沉，「我真的是在漂浮！」他告訴自己。

不可思議呀，一隻大白鯊動也不動的、懶散漂浮在海流中。

「喂，你怎麼辦到的？」衝過來打招呼的旗魚銳多，對這件事也驚奇不已。

再次遇到銳多，想起在秋葵區約好要賽跑，酷牙興奮的划動背鰭跟上銳多：「我也在想哩！」

才說一句話，大量氣泡衝出酷牙大嘴，「糟糕，跑掉了！」他迅速合住嘴。

「誰跑掉了？」銳多沒看見有什麼東西。

酷牙掀掀右嘴皮，沒有氣泡，改掀掀左嘴皮，也沒冒出氣泡，希塔真的跑掉了。

「喔，是……」酷牙慢吞吞說：「是醒著做的夢。」他心裡大大嘆氣，沒留住希塔，可惜呀！

「我怎麼都碰上你做夢？」銳多不再問他漂浮的事，「花時間做沒意義的夢，還不如去做點好事！」

舞動長劍，銳多邀酷牙去熱皮力洲：「梅菲特坡的海龜們，殼甲上下脫裂，情況嚴重，神奇狄替想用紅泥海峽的黏土幫海龜黏住，我們去搬運黏土吧。」

要用嘴咬？酷牙可不想嘴巴塞滿泥土，他轉身潛下：「我找東西來裝土。」

在海底找一下，硨磲巨貝的殼很好用，酷牙張口咬住。銳多找到一個桶子，是人類丟下的垃圾，「這個好。」銳多長劍穿過繩子一挑，哇，太重了。

「裡面裝什麼呀？」旗魚長劍撥弄、頂戳，桶子翻個身流出味道刺鼻的東西。

「停停停，別再碰了！」酷牙急忙阻止銳多，口中的硨磲貝殼掉下去。

銳多迅速離開桶子，看見大貝殼落在那堆流出的東西間，「嗶嗶剝剝」冒出泡沫和聲音，哀叫著蝕裂成碎塊。

「有毒！」「你怎麼知道它有毒？」銳多嚇得不斷揮動長劍，酷牙只好離他遠一點。

「我夢到過這種事情。」秋葵區被毀的夢跟眼前情況差不多，格拉海國那夢裡也見到大海螺的房子被毒水化掉，「夢，有意義的。」

酷牙催促銳多離開：「小心毒水蝕化你的劍，這種毒太可怕了。」

但是，就丟著不管嗎？「去拿黏土來蓋住這東西。」銳多帶頭衝，酷牙趁機喊他賽跑。

順巴南海流繞過熱皮力洲就是紅泥海峽，他們一前一後，旗魚經常超前，大白鯊背鰭一劃破水面追上來，旗魚就騰空跳起興奮的彎身。緊張刺激追趕一陣，酷牙忽然看不到銳多，那隻熱情劍士跳向空中後，不知落在哪裡了。

獨自游向紅泥海峽時，酷牙做了個夢：大海底下浮出許多冰塊，大大小小透明晶亮的冰塊，浮到海的中層、上層，跟很多魚群混在一起。冰塊變成各種魚、藻的形狀，魚隻都來吞食，大魚吃小魚，小魚吃浮游生物。吃下去後，海中生物都夢見大海說話：「你們都是新的魚種。」「你們的家不在這裡。」「去你們新的海，把海水也帶過去。」

做過夢的魚果真喝飽一肚子海水，大家勾勾纏纏把身體堆疊成牆索，將海水圍住，合力推趕海水到一處空凹的大谷。酷牙認出黑色大石塊，是黑水溝！

海水被推入空谷，只有一半水位，魚隻又重複一次動作，把海水趕進黑水溝。看看水快滿了，所有的魚放開牽繞的身體，一齊朝黑水溝張口，吐出肚子裡的海水。

一個海出現了，這些吃下冰塊做了夢的魚，跳入新的海中立刻都變了樣子。

是什麼魚？酷牙靠近點看，咦，鯖魚狄替先游過來喊他：「好久不見，我來為你服務了。」

「不，不，我很好，是我的朋友老曼波和希塔需要幫忙。」酷牙張開口：「游進來，我載你去。」

狄替衝進酷牙口中：「你會喜歡聽到我說的故事。」

嗯，嗯，是的，狄替說了長長一篇，酷牙聽得忘記游動，身體逐漸下沉，直到碰見一隻新種魚。

「嘻，你一定裝了不少海水，快倒進來，越多越好。」海象頭、魟魚身、鯨魚尾的新種魚用象牙推撞大白鯊。

看到有物體來碰撞，酷牙本能的游動，發覺自己在紅泥海峽中，夢結束了，剛才遇見狄替只是夢中的夢，不過，狄替在夢中說的故事，著實給酷牙一個好主意。

「我應該試試看。」酷牙精神抖擻，準備去咬挖黏土。

「嘿，兄弟，文雅一點，小心黏土把你的嘴黏住了。」黑影滑過頭上，酷牙瞥見一塊鮮豔搶眼的水母斑，是蝠魟威奔，被烏賊墨汁弄髒的斗篷已經洗刷乾淨。

「挖土大隊在另一邊，跟我來。」威奔領著酷牙，下潛到海峽底部一處海百合公園。

海百合用美麗的樹枝掃盛住黏土，正走上鯨鯊背部，大鯨鯊嘴邊一點鮮紅讓酷牙認出那是巴士金。

「我們負責載運就行啦，黏土不是我們的食物嘛。」威奔告訴酷牙。

巴士金匆匆打過招呼就游走，酷牙看著他背部黑白分明的花點，「黏土可能會把他的白花點兒剝下來。」

「兄弟，別擔心，狄替的技術沒問題……」威奔張開斗篷兜起一群海百合：「我這是第二趟了，水母斑一點事兒也沒有。」

話才說完，威奔突然問：「嘿，兄弟，你頭上的徽章呢？」

「不在頭上嗎？」酷牙嚇一跳。

「沒有。」威奔繞著酷牙頭部找一陣：「我沒有看見，你把它搞丟了。」

「說我嗎？」旗魚銳多衝過來：「我沒有搞丟，只是溜去吃一頓大餐。」

「我頭上的一顆牙齒不見了。」酷牙以為是跟銳多賽跑時弄丟的，誰知銳多的劍大搖特搖：「沒有，我沒有看見你頭上什麼牙齒。」

咦，那是……

還沒想清楚，爬到他們身上的海百合們不耐煩了：「開動，開動，快開動！」裝滿黏土的樹枝笨垂垂，海百合急著要卸下重擔：「船怎麼還不開呢？」

威奔、酷牙和銳多迅速游出，急性子的銳多不時衝到最前面，這讓海百合坐得很不安穩，有兩隻被銳多甩溜，滑下座位，威奔及時伸長斗篷撈起來，只是多了兩名乘客，威奔游速減慢，酷牙正好跟他同時到達。

27.梅菲特坡的海龜

海龜們的傷勢讓酷牙大覺意外，龜殼的背甲和腹甲幾乎要脫開，分成上下兩塊了！

「怎麼弄的？」他問威奔。

「不清楚，海龜去陸上產卵，回來後就開始出現問題。」威奔等海百合都離開了，叫酷牙幫忙看看：「嘿，兄弟，我的水母斑還好吧？」

「好得很。」酷牙仔細瞧，那片寶藍色原來是用魚鱗貼上去的，狄替真是天才！

梅菲特這塊坡地，由大陸棚斜伸向下時又有了變化，出現許多裂縫和溝隙，看起來很像海龜梅菲特爬在坡地上。

這兒是海龜的國度，離小丑船礁不遠，夾在吉拉本海流、伽納海流冷暖水域之間，住了不計其數的各類海龜。除去產卵時母龜會離開，其餘時間，海龜們在這裡遨遊，快樂逍遙，最愛閒聊傳奇梅菲特的事蹟。

超級綠蠵龜梅菲特，身體有海豚那麼長，游得又快，曾經有人類追逐他，想抓去岸上，梅菲特耍弄這些人類，在大海裡兜圈漫遊，直到人類放棄妄想。可惜梅菲特太貪吃，竟然把自己噎死了，他的巨大甲殼留在梅菲特坡，成了一個空空的甲殼洞！

來幫忙的大小魚隻游竄不停，酷牙想找到狄替，卻發現自己認不出那隻小鯖魚，「每次都是他先來跟我打招呼……」酷牙看住來往魚群，努力回想狄替的樣子。

「狄替在哪裡？」

從斜坡慢慢爬下來的這隻海龜，被酷牙問得倒退走，哎喲，剛黏好的殼稍稍碰歪了！

「別急別急，繼續往前走。」海龜肚子下有聲音這樣喊，海龜果真再爬動，那歪掉的腹甲漸漸又對正。

不一會兒，海龜開始划動四肢，腹甲下游出一條鱈魚，喊：「行啦，可以練習加速了。」

酷牙看得大奇：「黑魯！你在做什麼？」

尾鰭補綴一塊蝦殼的黑魯，很樂意介紹自己的工作：「我負責頂著剛黏好殼的海龜走動，直到他們的殼黏牢固後，可以划動四肢了，才讓他自己練習。」

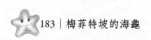

不用說，這一定是神奇狄替的安排。「知道狄替在哪裡嗎？」

「去甲殼洞找找，神奇狄替咬著根海星腳在塗抹黏土，我猜他沒空跟你說話，你要耐心等。」黑魯說完又去盯那隻海龜。

幸好，狄替停下工作，趁休息的空檔檢查酷牙的頭。

「那顆牙是被抓扯掉的，你頭上還有撕扯破皮的傷口哩。」狄替叫酷牙張開嘴：「我先看看你的牙齒。」

狄替的話讓酷牙有了答案，是希塔！大章魚用「黑水溝吃冰的新種魚」那個夢，換走酷牙頭上的鯊魚牙。

「要等一段時間才能為你裝個徽章。」狄替恭喜酷牙：「你的牙齒很健康。」

「狄替呀，我經常夢見你，可以幫我想一想嗎？用什麼方法能讓海鰻的光照到自己身上？」

酷牙記得那個「夢中夢」裡聽到的故事，如果聰明的小鯖魚有辦法，那麼希塔的建議就可能採行。

狄替的口氣充滿驚訝：「咦，我不久前才想到這好玩的事！」他詳細說完辦法後嘆口氣：「要不是海龜們的殼出問題，我早就去跟鮟鱇魚玩這把戲了。」

「我找大家一起去試試效果。」酷牙安慰狄替：「海龜們會感激你的服務。」

「還有事情要你幫忙，處理好海龜殼，你願意跟我去環遊大海嗎？」酷牙先提出邀請。

雖然和邪惡米度碰面的結果難預料，但酷牙相信，有神奇狄替和大章魚希塔出主意，事情會圓滿收場，到時，一定要載狄替走訪搖砂棚礁和泰夏沉城，喔，那真的是環遊大海一周啦。

28. 豚鼻碉堡的對決

和神奇狄替留下約定後，酷牙找銳多和威奔：「幫個忙，找大夥兒跟我去豚鼻碉堡，我要去處理邪惡米度的事。」

「要比劍、打鬥嗎？」旗魚銳多興致高昂，立刻游開，去找他的旗魚同伴。

蝠魟威奔大聲嚷：「喂，兄弟，你要和米度決鬥怎麼能找幫手？一對一才是呀！」

「這不是決鬥。」酷牙帶頭游，一邊向跟著來的魚群解釋。

深海大鰻米度逼迫老紫海螺、控制巨口鯊胖卡，又困住大小魚隻，用一身彩光迷惑大家神智，強取魚隻做夢的能力，「老曼波和大章魚都認為要阻止米度這麼做，最好是把米度做夢的能力收走，我們去豚鼻碉堡可不是要殺死米度。」

酷牙大略看一下，來幫忙的魚大多是中小型魚隻，四五隻旗魚是銳多找來的，其他鱈魚、鮪魚跟幾隻海豚，是黃鰭鮪魚傻克的朋友，更多的是烏魚、鰻魚、比目魚，甚至還有蝦、水母，也許他們只是來看好戲，想多知道點兒故事好跟同伴聊聊罷了。

「我們這麼一大群去找米度，他會溜走吧！」傻克的尾鰭折角不見了，衝到酷牙身前漂亮扭轉，回頭來問。

「才不，我猜米度會很高興，收下這麼多魚做夢的能力，絕對很光榮！」

搶在酷牙回答前先插話的，是一隻旗魚，劍伸得明顯歪斜，似乎向大家敬禮，說的話卻帶著嚇唬味，一些膽小的魚聽了馬上想離開。

蝠魟威奔趕忙替酷牙留住他們：「沒那回事，我們一起看著米度，他還能怎麼使壞呀？先聽聽酷牙的主意吧。」

「放心啦，跟米度打交道的事全交給我，你們只需要動動嘴巴。」酷牙盡量說得輕鬆簡單：「聽到米度說要放棄做夢的能力時，趕快接腔用力喊『我聽到了』這幾個字就行。」

酷牙安慰所有的魚隻：「不是要去打架，別緊張。現在要先練習的，是張開你們的嘴，大家合作一起咬，把海水咬成一大片，要能提起來擋住米度的光，有了保護，誰也不會被照昏。」

「聽清楚了嗎？」酷牙等著大家的反應。

把海水咬斷？提起來？這種點子太新奇了！

真的能辦到嗎？

魚隻們很懷疑，嘴打開，海水就進到嘴裡，試了幾遍終於能咬得海水「喀嗤」「啵啵」「兜兜」叫，接著是要拉提海水成一片遮幕，大家忙著練習嘗試，沒注意到已經接近豚鼻碉堡。

原本酷牙是希望能有一大片海水遮擋所有魚隻，可是大小各類魚，牙齒長得不同，只能各自咬出一片，這也不錯。他試試自己口中這片海水，有點兒重量，軟軟漂游，一不小心竟把自己矇住，酷牙覺得撞上個東西，趕忙提拉這片海水。

「唉，聽話，別胡鬧！」旁邊傳來傻克的聲音，黃鰭鮪魚也搞不定海水哩。

「喂，這是什麼東西？我沒見過……」

聲音有點熟，酷牙急忙游開，好險沒被咬住，他偷瞄一下，沒錯，是邪惡的深海大鰻米度，全身奇幻的光比上次見到時更加強烈怪異。

「是你找我來的，忘了嗎？」

「大白鯊？」米度看一看後傲慢的說：「唯一能跟我作對的傢伙不是你，你頭上沒有牙齒。」

張望一下周圍的魚隻，米度扭動身體：「看過來，靠近點，你們會見到美麗的景象，來啊，仔細看著我。」

米度身上的彩光開始閃爍搖晃，只看兩眼，酷牙就什麼也弄不清，眼花頭昏了。

「快，快，把海水提起來，遮住！遮住！」酷牙先察覺危險，威奔和傻克機警的分頭傳遞消息。

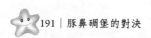

儘管有好奇心重的傢伙冒險偷看米度，不過那迷惑的光極端不舒服，大家都盡快拉起遮護的海水，讓自己躲在海水後頭。

「你找大白鯊來有什麼事呢？」酷牙躲在銳多旁邊問。

海水把米度發出的光遮斷，而且反照回去，深海鰻米度眼裡亮著光，說不清的顏色困擾他，讓他拿不定主意：「這是什麼東西？」

「我要做什麼？」「這些光……」喃喃自語的米度，被奇怪的光照得身體僵硬、反應遲鈍。

「我是米度。」酷牙試探這隻大海鰻：「我是米度，你是誰？」

「我是米度，你是誰？」大海鰻也這樣說，聽不出是呆鈍的重覆或是清醒的質問。

酷牙搖擺尾鰭波動海水，這是先前說好的暗號，所有的魚聚精會神聽。

拉高海水，酷牙讓反射的光全照到大海鰻，現在大海鰻似乎想睡了。

「米度要放棄做夢的能力。」酷牙慢慢說，尾鰭集中力量，緊張等著。

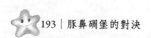

大海鰻似乎動了動嘴，又好像搖擺一下身體，停好一會兒才出聲：「米，度，要放，棄做，夢，的能……」聲音斷斷續續，隔一陣子，這大海鰻吞吞吐吐的說完：「能……力。」

就是這一刻！酷牙迅速揮掃尾鰭，指示魚隻們一齊喊：「我聽到了！」

聲音推湧海水，米度瞬間驚醒，瞪著周圍眾多魚群：「你們說什麼？」

「我們聽到了。」酷牙代表回答。

「聽到什麼？」米度冷冷的問，傲慢的哼聲。

「聽到你說要放棄做夢的能力。」銳多存心要激怒米度，他討厭米度的驕傲。

「我要放棄做夢的能力？」米度又疑又氣，誰知所有的魚立刻大聲喊：「我聽到了。」

米度氣壞了，身體猛力捲翻，「還我，還我！」他朝銳多張口，身上的彩光射出詭異色箭，嚇得每隻魚都潛逃游走，酷牙忙叫大家：「遮住！遮住！」憤怒的深海大鰻要用幻術迷惑大家了。

「還我，你！就是你！」米度咬向酷牙的背鰭，粗長的鰻身捆繞酷牙尾鰭，大白鯊被鎖住，極力翻甩都掙脫不了。

米度的力氣大到酷牙都訝異，幸好銳多的長劍即時刺過來，逼得米度稍稍鬆開，酷牙連忙游動，背鰭湧出的鮮血令米度更加瘋狂，全身閃爍強光，誰也不敢看。

黃鰭鮪傻克想用身體去撞米度，沒效，深海大鰻鎖住大白鯊，任酷牙怎麼翻滾掙扎都不放開。

海水被龐大身軀推撞、湧動、拍打，一片混亂。

魚群找空隙躲閃，小魚兒們被捲進亂流裡昏了頭，碰碰撞撞，噸位大的魚隻忙著游出這漩渦：「先離開！」「快出去！」「米度瘋了！」

「我會成為米度的大餐。」酷牙明白自己的危險處境，卻想不出脫身的辦法，也沒力氣動彈，他冷靜的停止掙動，等米度自動放棄。

抱著大白鯊在海中游走是個累贅，米度也許會跟著沉入海底……「我不如先做個夢吧。」

下沉時，黑暗的海底被米度身上光芒照亮，酷牙瞥見一個什麼東西靠過來，之後，又是黑暗……

29. 快樂做夢吧

「喔！」「喔！」酷牙聽到米度叫，感到米度劇烈顫抖一下，之後背鰭上的壓力隨即消失，米度放開獵物了。

酷牙迅速游開，回頭看，大海鰻身上的彩光仍在，依舊刺眼，但他畏縮轉身，飛箭般逃入豚鼻碉堡的巨大石洞。

海底戰場神勇的米度，大船睡谷狡猾的米度，尖嶺海堡邪惡的米度，如今都不存在了，只剩下深海鰻米度，躲在洞裡用細小的眼睛偷瞄外面。

沒有做夢能力的魚，顯然也會失去信心和膽識。

酷牙的背鰭上有東西，只是興奮的魚群沒有誰注意到，大家忙著討論。

「成功了！」「你打敗他了！」「你辦到了！」

「不，我沒有。」酷牙否認。

「他會被自己的光迷昏嗎？」傻克問，能有這樣滿身七彩的光，實在稀罕呢。

酷牙也不確定，「我還是不夠聰明，不過這沒什麼關係。」他想。

大章魚希塔給了建議，小鯖魚狄替提供技術，眾多魚隻合作，成功收取了米度做夢的能力，現在，米度還活著，沒有誰在行動中受傷，而且有更多魚會做夢啦，「老曼波一定很贊成我這麼做。」

酷牙覺得很快樂。

事情圓滿收場，酷牙該去找狄替了。

「有那麼強烈的光一定很不方便，我去問狄替有什麼方法能幫米度……」酷牙要回答傻克，卻發現這好朋友睡了，在做夢！

「祝你有個冠軍夢。」酷牙悄悄游開。

哈哈，豚鼻碉堡海域裡的大小魚隻都在睡覺，慢悠悠漂浮，舒服懶散的窩著，他們都分到了米度的一些做夢能力，「快樂做夢吧，那是很好的食物。」酷牙游過這些魚身邊，把老曼波的話送給他們。

「他們會夢到相同的事嗎？」酷牙胡亂想。

夢啊，著實奇妙，就算沒有變聰明，至少夢裡古怪的事情能讓心中多些不同的念頭，「希塔說得對，從夢裡想出好主意……」大章魚希塔給的夢太好了，一顆牙換一個夢，酷牙很滿意跟希塔的交換。

「我的鯊魚牙齒也不賴！」想像希塔啃嚼更有勁，連貝殼都能「喀嘣」咬碎，酷牙很得意。

希塔還大方送給酷牙美妙的漂浮體驗，原來，讓身體不會往下沉的辦法，就在那些滑進肚裡的冰塊，它們變成氣泡，抬起大白鯊漂浮在海流中，太神奇了！

「吃下冰塊」這件事也出現在夢裡，「大海中的小冰塊藏著秘密……」酷牙剛這麼想，鰓孔流進一種味道，他忍不住動嘴、磨磨牙齒，喔，這是比任何食物都更美好的味道，快樂舒服的感覺讓身體不自主放鬆，想睡覺……

「你就睡一覺吧。」海流撫摸酷牙粗糲皮膚，輕輕勸他：「睡一下吧。」

要忙的事忙完了，想漂浮的心願也達成了，夢已經做過不少個，酷牙滿足了，不再使勁游動，放任身體沉入黑暗海底。

當海洋回復寧靜，一切呼嘯吶喊歸於無聲，世界，只留下全然的黑暗。

黑暗中，生命在成長、在消失，在改變。世界，有了新的面貌！

許許多多柔韌細長的藻葉、菌絲，爬上酷牙身體裹住他，把他包得密實像一塊長礁。這熟睡的大白鯊對外表的改變毫無知覺，夢裡有個聲音正在跟他說話：「歡迎來到大海的冰庫，大海中的冰塊都藏著秘密，擁抱它們，你會進入大海的夢。」

30. 起來，別做大懶蟲

大海也會做夢？酷牙驚訝的抬起頭，先見到一片耀眼光亮，到處都是冰！他張口咬一片，冰屑滑進肚裡，酷牙又浮起來，漂浮在冰的上面。

底下是個冰海，酷牙想起來了，這是格拉海國的新家，「我又回到那個夢！」酷牙很詫異，靜靜看著冰海。

太陽出現，輕輕悄悄揭開一層又一層厚重的黑色簾幕，結束漫長黑夜。強烈的光和熱傳送到冰海，厚實冰層「嗶嗶剝剝」碎裂溶化，很快化成水，海面漸漸漾起水波。

有一些魚隻已脫去冰磚的囚禁，回復柔軟身軀在冰海中游動，可是更多魚兒還困在冰塊裡動彈不得，凍結魚體的一塊塊冰磚，在海水中沈浮。

安靜裡，冰塊龜裂崩散的聲響，輕快美妙得像唱歌，咦，冰塊下有隻狗鯊身體僵硬麻痺。

「來，幫你揉一揉就會恢復啦。」太陽的光和熱同時間忙碌檢視，搖醒這隻沈睡的大海新住民。

酷牙游進冰海，哇，真是冷呀！

「起來，動一動！」「睡太久是不行的。」「快起來，別做大懶蟲。」游出一圈一圈水紋，酷牙幫著喊，尾鰭甩出一串水珠。

鯖魚米線剛從冰磚脫困睜開眼，冰冷水珠潑得他全身一震，清醒了。

「小傢伙，快去玩水，你的伙伴在等你呢。」太陽趕緊揉揉米線僵硬的身體，催促他。

神智還有點迷糊，鯖魚米線拍拍鰭擺擺臀，東西南北仍不清楚，要去哪裡玩水？

「喂！米線，我們在這裡。」大群鯖魚和烏魚喊得興高采烈，他們正在比跳高，水花濺出彩虹光芒。米線游過去，水流進鰓蓋，漂洗他混沌的腦袋，舒服極了。

「這水真甜！」他對前來歡迎的烏魚黑金說道。

「是啊，不過這水也真夠冷的。」烏魚黑金精神抖擻的向前游竄。

聽著、看著，酷牙饒富興味的跟他們游走。流進鰓孔和肚裡的冰海水，確實清甜可口，而且水很清澈，酷牙覺得每一條魚看起來都變大，變漂亮了。

「喂，喂。」一隻鱈魚喊他。

「嗨！你好。」酷牙回答後發現弄錯了，鱈魚找的不是他。

「灰肚，快過來。」章魚八爪玩噴水，鱈魚灰肚追著八爪，一前一後游開去。

「這裡就是新的家嗎？」鯖魚米線疑惑的打量四周。水中透出彩光，柔柔亮亮，一塊塊突起的岩石雪白平滑，水波碰到石頭就散射出鮮豔奇幻的螢光。

米線瞪著這片光：「石頭怎麼會發光發亮？」

「那是冰塊。」銀鮫大牙說，銳利尖牙嚇得米線驚恐的竄向旁邊。

前方有魚群，銀鮫游向他們，「整個新家都是冰塊，這是一個冰海。」銀鮫大牙向前游，回頭告訴米線。

「啊！」小鯖魚一陣緊張：「馬上會有一場屠殺！」兇猛銀鮫會將利牙戳進那些魚的頭、腹、身軀，海水會立刻腥紅一片！

接下來的景象，米線看到發呆，酷牙也意外極了：銀鮫大牙游進魚群中，跟那些鱒魚、鯧魚、鮪魚、鮭魚、青鱸、海鱸們一同悠哉漫游。秋刀魚薩馬、銅鏡鰺魚四破、花腹鯖魚青飛竟然還游在銀鮫大牙身邊！

「那麼靠近，不怕被吃掉嗎？」米線自言自語。

他沒有吃他們，「可能不餓……」酷牙猜。

「你怕大牙吃掉他們？」一隻深海鮭魚游向鯖魚米線。

「他總是把我們當做可口食物。」米線划動胸鰭表示善意：

「你叫什麼名字？」

「我是小桂。」深海鮭繞米線一圈，完成友好招呼的儀式。

「以前，大海裡的動物互相攻擊，大魚吃小魚，小魚吃浮游生物，你一定也吃過蝦子，獵捕其他的幼魚。」

米線忍不住辯解：「那是為了找食物啊。」

「對。」小桂帶著米線游向另一片魚群：「現在不同了喔，我們已經決定不再互相獵食。」

「我們？」

「是。我們，所有進入這個冰海的大海生物。」小桂向米線擺擺尾鰭：「你那時還在睡吧。」

「嗯。快告訴我，發生什麼事了？」米線追上前急切的問。

冰冷海水把小桂的話傳入酷牙耳朵：「太陽把我們叫醒，先讓我們在冰海裡游好一陣子後，才告訴我們，這個奇幻美麗的海就是我們新的家，千萬要愛惜，至少，在人類找到冰海之前，我們要讓它是快樂舒適的家。」

31. 全新的生活

酷牙看看周圍，體型大小、生活習性完全不同的魚，成群結伴悠游，這光線柔美、綺麗的海域，確實是可愛迷人，也跟自己住的大海不同，但，真的會有魚群們期待的乾淨、和平嗎？

深海鮭魚游進鯨魚、鮪魚和水母群中，鯖魚米線跟隨著，看見僧帽水母輕靈飄逸的蕾絲裙瓣，想起另一個身影，他問：「魟魚飛碟來了沒？」

「我們還沒看到他。」接腔的是鮪魚甕串。

「他可能跟那群熱帶魚在一起。」又一隻龐大身體靠過來，是鯨魚海盎，米線慌得左右轉，想逃遠些。

「別怕！跟我來。」小桂招呼米線游到海盎面前：「我們聽了太陽的話，已經決定只吃藻類和浮游生物，這海水中的居民不可以再流血殘殺。」

「是的。」「沒錯。」「就是這樣。」旁邊的大小魚兒紛紛說是。

「可是……習慣……」米線一下子說不出話。

海盎口氣溫和：「至少，你現在不必擔心誰會吃掉你。」

「放心的玩吧，別讓不愉快的記憶留在腦子裡。」鮪魚甕串游在海盎身邊快活的說：「我們必須適應這些新事物。」

靜靜跟隨鮭魚小桂向前游，米線東張西望一邊想：變化這麼大，自己錯過多少場面呢？最先醒來的是誰？第一個游入新家的又是誰？所有大海的居民聚在一起決定和平共處的時刻，是垂頭喪氣、悲慘消沉的？還是莊重嚴肅？或是熱鬧歡呼的呢？

「沒有親眼目睹那樣的時刻，真是太遺憾了！」米線嘆口氣。

「能活著就很幸福啦。」酷牙提醒小鯖魚。

「大傢伙，你想的跟我一樣。」風神回答酷牙，卻對米線呵呵笑。

笑聲會感染，大海晃漾，也笑出波紋浪花。

米線竄出水面，驚喜的讓風神輕撫全身。啊！是柔柔涼涼的風！

魚兒們相繼探出頭來，水花噴濺，水面下游竄的身姿清晰可見。

「嗨！你們都好嗎？」風神逐一問過探頭招呼的魚兒。

「好極了呀！」魚兒們快活歡喜的回答。

「這座大海太棒了。」海豚狄波跳出水面，送給風神一個熱吻：「謝謝你！」

不遠處，一股水柱噴上天空，風神看過去，啊呀，是大鯨魚海盎。

「嘿！我記得你！好傢伙，勇敢的救助弱小，不簡單喔。」風神朝著海盎叫喊。

「謝謝你！」海盎翹起尾巴感謝風神：「要不是你，我們都沒命了。」

「你救出來的那些小傢伙呢？他們怎樣了？」風神很好奇。

「你等一下。」

海盎潛入水下，不一會兒，海面出現一群小黑點，哎呀，是長吻蝶魚火箭和他同伴，不過，他們身上鮮豔彩裝都褪色、變淡了。

「咦！你們都去漂白了嗎？」風神開熱帶魚們的玩笑。

「不，我們只是換一件大衣。」火箭活潑的跳出水面，這招是向烏魚黑金學來的。

「這裡的海水比我們還漂亮，穿得再美也沒意思，不如穿得暖些。」小丑魚在章魚八爪的觸腕間說話，他游來游去，不在意身上的衣服。

太陽紅通通的臉俯視這一切。「瞧，你做得多好！」太陽讚美風神：「這座全新的海，使他們又能快樂生活，繁衍他們的生命。」

是啊，海水看來澄澈透明，不時發出七彩幽光，神秘奇幻，魚群們悠遊飛竄的身形是這麼輕巧靈活。風神得意極了，開心大笑又玩興大發，他想衝浪：「我要試試這座海。」

海面上，大小魚群簇擁過來：「我們跟你……」

「走，我帶你們去探險！」風神豪邁帥氣的在海上狂飆，冰涼的水花飛噴四濺；太陽哈哈大笑，朝濺起的水幕灑下亮粉，一道道，一片片的彩虹，伴隨風神和魚群，迆邐延伸。

「走吧，去看看我們的海有多大！」水面下魚群吆喝撩撥、海水波湧，閃射出更多千變萬化的美妙色彩。

酷牙看完海面上的美景，重新回到海底，望著周圍壯觀畫面目眩神迷。多好的新家！清涼甜美的水，讓大家保有源源不絕的活力，不但使大海有嶄新面貌，也開啟格拉海國的新生活！

「真難吃！」米線的話讓酷牙看向頭上。小鯖魚吃著矽藻，嫌味道鹹澀。

一隻青鱸游過來搭訕：「它們不難吃啊。我蠻喜歡啃苔蘚，矽藻和褐藻吃起來也不錯。」

「我們以後真的要吃這種東西嗎？」米線很猶豫，轉頭想找別的魚問問。

「其實，我們都是吃這個長大的！」青鱸身邊多出一隻海鰻，看著米線：「在我們還是魚苗的時候，全都吃這些藻類、浮游生物做食物。」

米線還沒開口，一朵翻卷的雲飄過來，叫他：「喂，你該嚐嚐馬尾藻。」

仔細看清楚後，米線高興的喊：「嘿，我正在找你……」

美麗的身影是魟魚飛碟：「一起走吧，我要弄清楚這冰海有沒有格拉海那麼大？」他掀一下裙襬問米線：「要不要我載你呀？」

「開玩笑！」米線像箭一般飛射出去：「我會游得比你快！」

魟魚飛碟翻卷裙瓣追上前，青鱸、海鰻趕緊跟上，在他們身前身後，一大片浩浩蕩蕩的魚群，搖尾擺鰭，波動出冰海壯闊的湧流。

32. 你做了什麼好事

感覺鰓孔裡海流推送的韻律，酷牙輕甩尾鰭加入應和，已經遠去的小鯖魚忽然又折返，穿出眾多魚群筆直衝向酷牙。竟然是狄替！

「狄替，你怎麼在這裡？」酷牙嚇一跳，打開嘴等著。

「我來找你，不是說好去逛大海嗎？」狄替游進大白鯊尖牙齒列中：「一大堆冰塊，太好玩了。」

「什麼冰塊？」

「老紫海螺說，他把口水抹在許多冰塊上，要讓大家都能做夢。」狄替自顧說，不像在回答酷牙，卻讓酷牙記起「藏著秘密的小冰塊」這件事。

「你吃下冰塊了嗎？」酷牙問狄替，那小傢伙又在檢查他的牙齒。

「有，很多，很……多……」話都沒說完，狄替躺進鯊魚尖牙裡，睡了。

嗯，唔，小狄替出個難題要考驗酷牙，「我不能合起嘴巴！有什麼方法可以不傷害這小傢伙呢？」

動腦筋的時候，酷牙發現格拉海的夢結束了，許多纖細發光的絲線在身邊搖擺，像大章魚希塔跳的舞，像海百合做的操，很柔軟很輕巧，他也在搖擺！

「不，我在漂浮！」放鬆全身筋肉完全不動，酷牙靜靜的等。鰓孔裡有香香甜甜的味道，周圍彷彿很亮，可是什麼也看不到，除了香甜氣味和安靜放鬆的感覺，這世界再沒有別的了。

「我是清醒的嗎？」酷牙問自己，卻懶得動動身體，現在這樣太舒服了。

跟著，搖擺的絲光柔線纏繞翻攪，擠出一塊塊白亮小東西，很多，很亮，擦過酷牙皮膚，冰冷堅硬的碰觸告訴酷牙：是冰塊！像珊瑚產卵那麼多那麼漂亮的冰塊，往上浮升，慢慢變成魚或水母、海星、蝦、蟹、烏賊……開始游動。

「等一等！」小狄替衝出酷牙嘴巴，追著一隻蝦。

蝦、冰塊、狄替，一同隱入酷牙看不見的黑暗中。

「等一等。」酷牙聽到自己喊，接著被抬高身體，有冷冰冰的聲音說話：「去跟大家說。」好像是老紫海螺，又似乎是深海鰻米度，還是大章魚希塔，是誰說話？

「要我跟大家說什麼？」酷牙莫名奇妙。

「記住你的夢，還有你的工作……」

身體被推舉，酷牙在海流撫摸時聽到這些，他醒了：「我有什麼工作？」

「起來，別偷懶，你已經很夠聰明了，去想辦法，把大海弄乾淨，光做夢是不行的，去跟大家說……」

海水推得酷牙腦筋也動起來：「對了，大海有夢，想搬家。」

「我的工作……」

「載狄替環遊大海，去見老曼波和希塔，就是我的工作。」酷牙動一下尾鰭。

一個大嗓門冷不防插進來：「我說，大塊頭，大海任你游，也不能直直朝火山撞，除非你在做夢。」鮟鱇魚皮達亮著頭燈數落酷牙。

可不是？冒出熱熱灰灰氣泡的火山口，就在酷牙前面一隻旗魚的距離遠。「拜拱煙洞！」酷牙叫一聲，完全不清楚自己怎麼會在這裡。

「你說對了，我是在做夢。」他告訴皮達。

酷牙笑著轉過身，「大海搬家」這一場夢，有點兒久，也有點兒不可思議。

「喂，等一等。」皮達停在酷牙頭上：「大塊頭，你把牙齒掛在頭上！這是什麼名堂？」

「咦，它又回來了嗎？」酷牙糊裡糊塗卻很快樂：「那是小鯖魚狄替為我帶上的勳章。」

「你做了什麼好事？」

「我……」想一想，酷牙老實說：「我做很多夢，看到大海搬了家……」

「做夢也能得勳章嗎？」皮達嘲弄的唱起歌：「這裡有個老兄，有個老兄掛勳章，老兄老兄，嘿嘿……」

「告訴你」，皮達的歌被酷牙接過去：「有個老兄想搬家，老兄名字叫大海，老兄老兄，搬家的工作不輕鬆……」

「唉，大塊頭，你真的該換個腦袋。」皮達嘆口氣：「我們可以搬家，大海能搬嗎？」

「別懷疑，大白鯊能漂浮，大海有冰庫，稀奇古怪的事都會發生！」

「少做夢啦，大海要怎麼搬？」

「要做夢才好。」酷牙甩尾推皮達：「夢是有意義的，我從夢裡想出好主意。」

「我很確定，大海想要一個乾淨的家。」酷牙在皮達背後說。

「大海說，總會有一天，白白的雲拉著藍藍的天，一起高興的跳進海裡打浪，風和太陽在海裡拉起彩虹，從此誰也分不清哪裡是天，哪裡是海，哪裡是雲，哪裡是浪……」

鮟鱇魚關了頭燈離開，酷牙的聲音在海裡漂散：「去跟大家說，大海想搬家，這是好事情。」

兒童文學08　PG1095

大海想搬家

作者／林加春
責任編輯／廖妘甄
圖文排版／詹凱倫
封面設計／秦禎翊
出版策劃／秀威少年
製作發行／秀威資訊科技股份有限公司
114 台北市內湖區瑞光路76巷65號1樓
電話：+886-2-2796-3638
傳真：+886-2-2796-1377
服務信箱：service@showwe.com.tw
http://www.showwe.com.tw

郵政劃撥／19563868
戶名：秀威資訊科技股份有限公司
展售門市／國家書店【松江門市】
104 台北市中山區松江路209號1樓
電話：+886-2-2518-0207
傳真：+886-2-2518-0778

網路訂購／秀威網路書店：http://www.bodbooks.com.tw
國家網路書店：http://www.govbooks.com.tw
法律顧問／毛國樑　律師

總經銷／聯寶國際文化事業有限公司
221新北市汐止區康寧街169巷27號8樓
電話：+886-2-2695-4083
傳真：+886-2-2695-4087

出版日期／2014年2月　BOD一版　**定價**／270元
ISBN／978-986-5731-01-4

秀威少年
SHOWWE YOUNG

國家圖書館出版品預行編目

大海想搬家 / 林加春著. -- 一版. -- 臺北市 : 秀威少年,
2014. 02
面； 公分. -- (少年文學 ; PG1095)
BOD版
ISBN 978-986-5731-01-4 (平裝)

859.6 103000452

讀者回函卡

感謝您購買本書，為提升服務品質，請填妥以下資料，將讀者回函卡直接寄回或傳真本公司，收到您的寶貴意見後，我們會收藏記錄及檢討，謝謝！如您需要了解本公司最新出版書目、購書優惠或企劃活動，歡迎您上網查詢或下載相關資料：http:// www.showwe.com.tw

您購買的書名：________________________________

出生日期：_______年_______月_______日

學歷：□高中（含）以下　□大專　□研究所（含）以上

職業：□製造業　□金融業　□資訊業　□軍警　□傳播業　□自由業

□服務業　□公務員　□教職　□學生　□家管　□其它_____

購書地點：□網路書店　□實體書店　□書展　□郵購　□贈閱　□其他

您從何得知本書的消息？

□網路書店　□實體書店　□網路搜尋　□電子報　□書訊　□雜誌

□傳播媒體　□親友推薦　□網站推薦　□部落格　□其他_________

您對本書的評價：（請填代號　1.非常滿意　2.滿意　3.尚可　4.再改進）

封面設計____　版面編排____　內容____　文／譯筆____　價格____

讀完書後您覺得：

□很有收穫　□有收穫　□收穫不多　□沒收穫

對我們的建議：________________________________

____

____

____

請貼
郵票

11466
台北市內湖區瑞光路 76 巷 65 號 1 樓
秀威資訊科技股份有限公司 收
BOD 數位出版事業部

(請沿線對折寄回，謝謝！)

姓　名：＿＿＿＿＿＿　年齡：＿＿＿　性別：□女　□男

郵遞區號：□□□□□

地　址：＿＿＿＿＿＿＿＿＿＿＿＿

聯絡電話：(日)＿＿＿＿＿＿＿＿(夜)＿＿＿＿＿＿＿＿

E-mail：＿＿＿＿＿＿＿＿＿＿＿＿